（さぁて、侯爵がどう出てくるか……）
亮真は深く深呼吸すると、ゆっくりと口を開いた。
RECORD OF WORTENIA WAR
ウォルテニア戦記

次の瞬間、強烈な衝撃が
亮真の腹部を襲う。

リオネが慌てて
亮真の方へと駆け寄り、
ロベルトとシグニスが
周囲に索敵を命じた。

エレナから送られて
来た手紙の文は短く、
そして明確だった。
だが、亮真は二度、三度と
繰り返し読み直す。

RECORD OF WORTENIA WAR

ウォルテニア戦記

XVII

Ryota Hori
保利亮太

口絵・本文イラスト　ｂｏｂ

CONTENTS

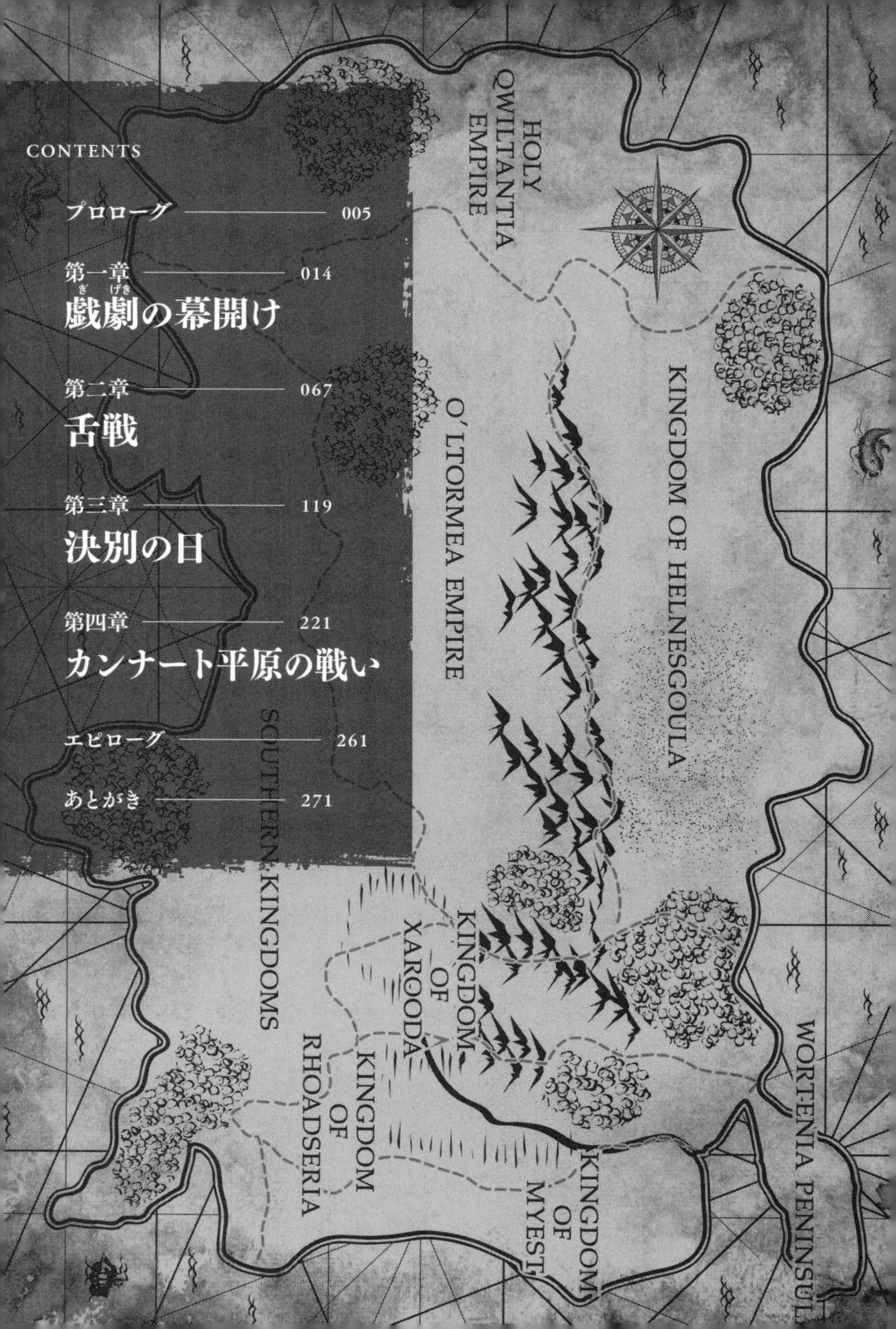

HOLY QWILTANTIA EMPIRE
KINGDOM OF HELNESGOULA
O´LTORMEA EMPIRE
SOUTHERN KINGDOMS
KINGDOM OF XAROODA
KINGDOM OF RHOADSERIA
KINGDOM OF MYEST
WORTENIA PENINSUL

WORLD MAP of 《RECORD OF WORTENIA WAR》

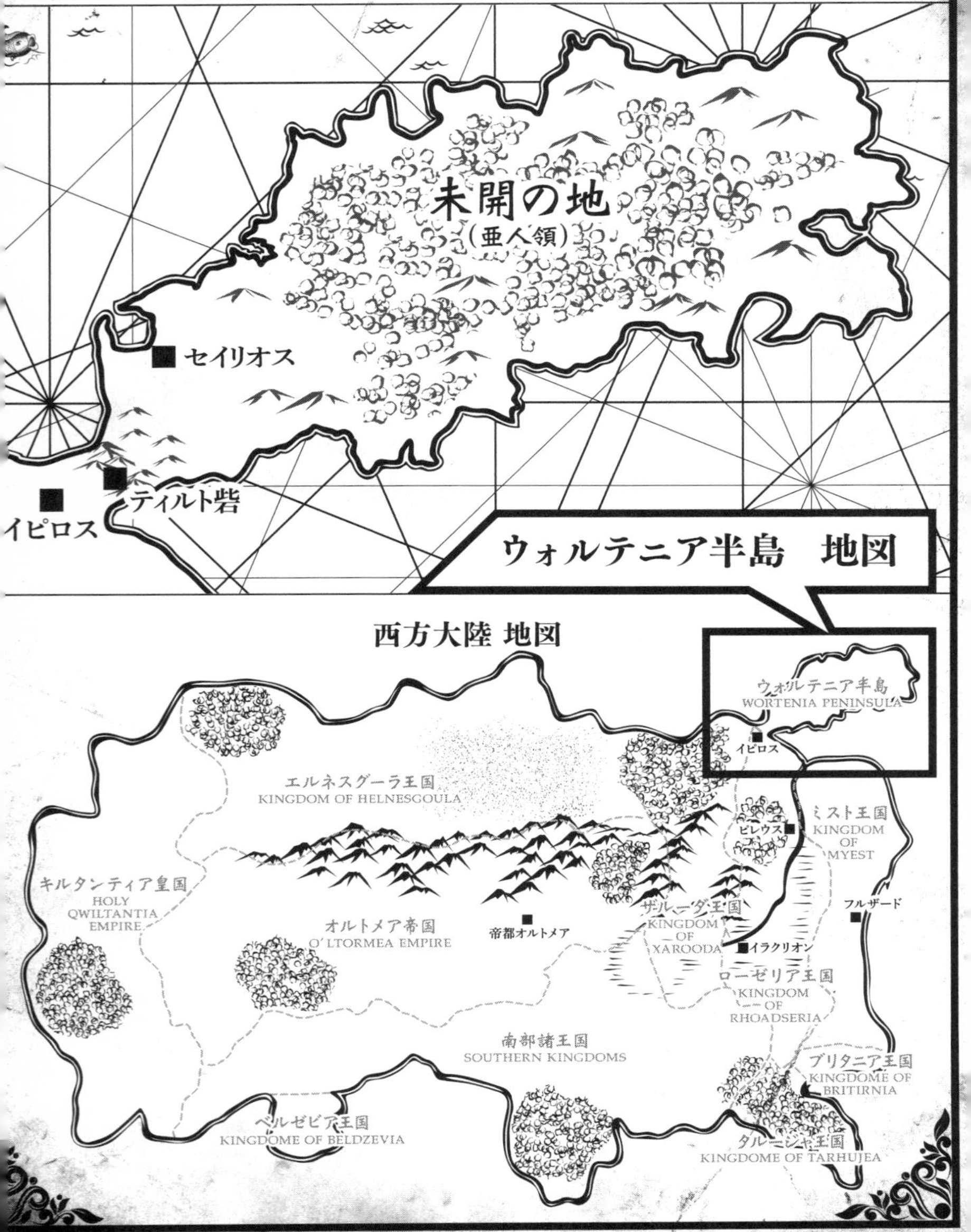
未開の地
(亜人領)
セイリオス
ティルト砦
イピロス
ウォルテニア半島 地図
西方大陸 地図
ウォルテニア半島
WORTENIA PENINSULA
イピロス
エルネスグーラ王国
KINGDOM OF HELNESGOULA
ミスト王国
KINGDOM OF MYEST
ピレウス
キルタンティア皇国
HOLY QWILTANTIA EMPIRE
フルザード
ザルーダ王国
KINGDOM OF XAROODA
オルトメア帝国
O´LTORMEA EMPIRE
帝都オルトメア
イラクリオン
ローゼリア王国
KINGDOM OF RHOADSERIA
南部諸王国
SOUTHERN KINGDOMS
ブリタニア王国
KINGDOME OF BRITIRNIA
ベルゼビア王国
KINGDOME OF BELDZEVIA
タルージャ王国
KINGDOME OF TARHUJEA

プロローグ

陽光が庭に降り注ぐ。

穏《おだ》やかで心地《ここち》よい陽気。

その時、一陣《いちじん》の風がメネアの髪《かみ》を揺《ゆ》らした。

此処《ここ》はローゼリア王国の王都ピレウスの一角に建てられた【赤星亭《あかほしてい》】の中庭。

本来であれば宿泊客《しゅくはくきゃく》の憩《いこ》いの場として公開されている見事な庭園なのだが、今や見る影《かげ》もない有様の所為《せい》で、此処を訪《おとず》れようとする人間は極《きわ》めて限られている。

(気持ちの良い風……本当ならば、こんな日は市場へ買い物にでも出かけたいところだけれど……まぁ、無理よね)

ここしばらくは、曇《くも》り空《ぞら》の日が多く今日ほど過ごしやすい陽気は久しぶりの事。

本来であれば、心は晴々とする筈《はず》なのだが、今のメネアの足取りはとても軽《かろ》やかとは言えなかった。

その原因は先ほど情報収集に王都へ放っていた部下達《たち》からもたらされた情報の所為だ。

(ロドニーをあまり刺激《しげき》したくないのだけれども……)

ガラチアの街を治めるウィンザー伯爵邸襲撃《はくしゃくていしゅうげき》の際に利《き》き腕《うでき》を斬り飛ばされたロドニーは、一時期は狂《くる》ったように剣《けん》の修練に励《はげ》んでいた。

それはまさに、無謀《むぼう》と言う言葉がピッタリの有様だったのは間違《まちが》いない。

だが、その無謀な修練の果てに何かを悟《さと》ったのだろう。

最近は大分落ち着きを取《と》り戻《もど》してきている。

少なくとも、宿の中庭を占有《せんゆう》し、美しかった庭の景観を壊《こわ》す様な無茶《むちゃ》な修練の仕方は止めていた。

まぁ、だからと言って、破壊《はかい》された庭の景観が直《す》ぐに元通りとなる筈もないので、ロドニーがこの庭を占有しているという状況《じょうきょう》には変わりがないのだが、それでも以前よりは大分落ち着きを取り戻して来ているのは事実だ。

そんなロドニーに対してメネアがこれから伝えようとしている内容は、湖面に大岩を投げ込むようなものだろうか。

（組織……か……）

この西方大陸の陰《かげ》に暗躍《あんやく》する組織と呼ばれる謎《なぞ》の集団を探ろうとしているメネアやロドニーにとって、桐生飛鳥《きりゅうあすか》という少女は大切な道標《みちしるべ》の一つだ。

より正確に言えば、飛鳥本人と言うよりは、彼女《かのじょ》の血縁者《けつえんしゃ》が問題なのだが、どちらにせよ飛鳥が鍵《かぎ》となっているのは間違いないだろう。

飛鳥が御爺《おじい》ちゃんと呼ぶ御子柴浩一郎《みこしばこういちろう》が持ち込んだ法術を付与《ふよ》された刀は明らかにこの大地世界《アース》で作られた武具だ。

それを裏大地世界《リアース》より召喚《しょうかん》された人間が持っていたとなれば、怪《あや》しむなという方が無理だ。

その上、御子柴浩一郎に関しては、ウィンザー伯爵邸《はくしゃくてい》を襲《おそ》った張本人である可能性が高い。

勿論《もちろん》、確たる物証が有っての事ではない。

それに、襲撃者《しゅうげきしゃ》に対してロドニーは御子柴浩一郎かと尋《たず》ねたが、答えはなかったのだ。

勿論、襲撃者が素直《すなお》に名前を名乗る事などまずない。

例外があるとすれば、恩讐《おんしゅう》からの襲撃で名乗りを上げる場合くらいだろう。

そう言う意味からすれば、ロドニーの問いに答えなかった襲撃者が、御子柴浩一郎であるか否《いな》かの判断は出来ないと言っていい。

だが、ウィンザー伯爵《はくしゃく》を一刀の下に切《き》り伏《ふ》せ、ロドニーの腕を斬り飛ばすほどの腕前《うでまえ》を持ちながら、止めを刺《さ》さなかった事はあまりにも不自然だ。

何しろ、ウィンザー伯爵邸を警備していた他《ほか》の兵士は容赦《ようしゃ》なく切り殺されているのだから。

(その襲撃者が、単に標的の命だけを奪《うば》うと言った妙《みょう》なこだわりを持っているとは考えにくいしね)

それよりは、身内を保護しているロドニーに御子柴浩一郎が情けを掛《か》けたと考える方がメネアには自然に思える。

そして、それはロドニーも同じ意見なのだろう。

あの一件以来、ロドニーが我武者羅《がむしゃら》に剣の修練に励んでいる理由の半分くらいは、飛鳥に対してどう接していいのか分からないという迷いや苛立《いらだ》ちも含《ふく》まれているとメネアは見ている。

そこに来て、メネアの部下が先ほど報告してきた情報は、ロドニーの心をさらにかき乱す事になるだろう。

（でも、この報告を告げないのは……不味《まず》い）

御子柴亮真《りょうま》という男が、本当に御子柴浩一郎の血縁者なのかどうかをメネア達は知らない。

勿論、飛鳥から御子柴亮真という名の男が、浩一郎の孫であると聞いてはいる。

だが、それはあくまでも名前が同じという事でしかない。

何しろ写真も動画もないこの大地世界では、肉眼で顔を確かめるか、絵師に肖像画《しょうぞうが》でも描《か》いてもらう以外に、メネア達が亮真の顔を知る術はないのだから。

しかし、証明出来ない事が嘘《うそ》や過《あやま》ちとも言えないのもまた事実だ。

（もし、あの子が語った話が全《すべ》て正しかったとしたら……運が悪いなんて言葉では片付けられない事になる）

一度だけならば偶然《ぐうぜん》と片付ける事は出来る。

だが、万分の一もあるかどうかという程《ほど》の確率が二度も三度も続くとなれば、それは偶然ではなく必然だろう。

ただどちらにせよ、今の段階で御子柴亮真に対する貴族院の審問《しんもん》がこれから始まるという情報は決して無視出来ない。

（問題はそれを知ったところで、打てる手が殆《ほとん》どないという事……ね）

元々、メネア達の役割は護衛や戦闘《せんとう》任務が主であり、情報収集などは専門外。

その上、御子柴亮真はこのローゼリア王国において第一級の重要人物と言ってよい。そんな人間に対しての審問は取り扱《あつか》いに注意が必要な案件である事もあって、王国側による徹底《てってい》した情報統制が敷《し》かれた結果、こんな重要な情報を当日に知る事になった訳だ。

(ローランド枢機卿《すうききょう》からはそれなりの資金を頂いていたんだけれど、やはり急ごしらえでは限度があるわね)

とは言え、事前に知っていたとしても結果は変わらなかっただろうとメネアは考えている。

(やはり手元の兵数が足りない……ローランド枢機卿が増援《ぞうえん》を依頼《いらい》したとは聞いているけれど、如何《いか》にタルージャ王国とブリタニア王国の駐留《ちゆうりゆう》部隊を回して貰《もら》えるとは言え、到着《とうちゃく》にはまだ時間がかかる筈だし……)

元々、ローゼリア王国があるのは光神《こうしん》教団の影響力《えいきょうりょく》が低い大陸東部だし、メネア達が持っている兵力は限られている。

この状況では、メネア達がローゼリア王国側と何らかの交渉《こうしょう》を持とうとしたところで、あまり意味はない。

武力に因《よ》る裏付けのない交渉に意味はないのだ。

勿論、光神教団という巨大《きょだい》組織からの要請《ようせい》だから頭から拒否《きょひ》はされないだろうが、返答を引き延ばされた挙句に有耶無耶《うやむや》となるのがオチだろう。

(兎《と》に角《かく》、今はロドニーを上手《うま》く宥《なだ》めるしかないでしょうね……)

庭に植えられた大木の下で剣術の稽古《けいこ》を続けているロドニーを見ながら、メネアは再び大きなため息をついた。

メネアがロドニーの下に向かっていた丁度その頃《ころ》、王城の執務室《しつむしつ》で書類仕事に明け暮れていたルピス・ローゼリアヌスは側近であるメルティナ・レクターの声で手を動かすのを止め、机から顔を上げた。

その端正《たんせい》な顔には日々の激務による疲《つか》れが色濃《いろこ》くこびりついている。

「どうしたのかしら?」

どことなく疲れた様な声。

その声の弱さに、メルティナはかすかに顔を顰《しか》めた。

(やはり、大分お疲れになって……)

本来であれば、早急《さっきゅう》に休養させたいところだ。

とは言え、今は先に伝えるべき事がある。

「先ほどザルツベルグ伯爵邸へ向けて廷吏《ていり》が派遣《はけん》されました。向こうで何事も無ければ、そろそろ貴族院の方に到着する頃合《ころあ》いかと」

その言葉を聞いた瞬間《しゅんかん》、ルピス女王の顔に暗い影が過る。

そして、長い沈黙《ちんもく》の後にか細い声で小さく頷《うなず》いた。

「そう……」

それは、葛藤《かっとう》と罪悪感に満ちていた。

そして、メルティナに対して何か訴《うった》えかける様な視線を向ける。

だが、その視線の意味を理解していても、メルティナは事務的な態度を崩《くず》しはしなかった。

今ここでルピス女王に対して何か言葉を掛ければ、彼女は絶対に中止という言葉を口にすることが予想出来てしまっていたから。

だが、そんな事は今さら不可能なのだ。

(あれほど覚悟《かくご》をお決めになっていたのに……やはりこの方の御心《おこころ》は……)

貴族院への根回しは既《すで》に完了《かんりょう》している。

少なくない時間と費用を掛けて行ったそれを今さら取りやめになど出来ない。

だが、何か重要な決断を迫《せま》られた時、ルピス・ローゼリアヌスは揺れる。

それは、人としては自然なのかもしれないが、王としては最悪だろう。

問題は、そんな主君の気持ちに対して、どうするかという点だ。

(御心に沿うべきか?)

一瞬《いっしゅん》、そんな思いがメルティナの心に浮《う》かんだ。

以前のメルティナであれば、迷わなかっただろう。

良い悪いにかかわらず、敬愛する主君の気持ちに沿う事こそが、臣下の務めだと考えていたからだ。

しかし、今のメルティナの考えは違《ちが》った。

(いや、仮に陛下の想《おも》いを優先して取りやめたとして、それでどうなる?)

その疑問に対しての答えは、既にメルティナの中で出ていた。

である以上、ここは心を鬼《おに》にしてでも策謀《さくぼう》をこのまま貫徹《かんてつ》させるしかない。

だから、メルティナはルピス女王の目を真っすぐに見返しながら、深々と一礼する。

そして、何か言いかけたルピス女王を無視するかのように、踵《きびす》を返した。

(あの方は既に限界に近い……)

執務室を後にしたメルティナの胸中に過るのは、ルピス女王の疲れ切った顔だ。

現代社会であれば、業務過多による心労でうつ病の一歩前とでも診断《しんだん》されるかもしれない。

或《ある》いは、双極性障害《そうきょくせいしょうがい》とでも言われるだろうか。

本来であれば、何日か休暇《きゅうか》でもとって心身ともにリフレッシュでもしてもらいたいというのがメルティナの正直な気持ちだ。

(とは言っても……今の状況では無理か……)

ルピス女王とて王座について既に数年が経《た》っている。

国王としての仕事にも大分慣れてきてはいた。

だが、オルトメア帝国《ていこく》の動向は読み切れないし、国内情勢にも火種を抱《かか》えている今、そもそも論としてルピス女王自身が決裁しなければならない事案が多すぎるのだ。

それに加え、政権の中心的人物であったベルグストン伯爵との間に溝《みぞ》が出来てしまった事から、事態の悪化に拍車《はくしゃ》を掛けている。

如何に国王主導の政治を目指すとは言え、軍事、内政、外交といった国務の全てをルピス女王一人で処理することは物理的に不可能。

そんな事は、日々の政務を補佐《ほさ》してきたメルティナはもとより、ルピス女王本人も分かってはいる。

だが、御子柴亮真とベルグストン伯爵との関係性がルピス女王やメルティナに関係修復への具体的な行動に出る事を躊躇《ためら》わせてきた。

そこに来て、先日ザルツベルグ伯爵邸で行われた夜会だ。

(早急にあの方との関係修復を図《はか》るべきだったのだろうが……今更《いまさら》だな)

メルティナはその夜会に参加した訳ではないが、情報を得ている。

そして、それがこの国にとってどれほど致命的《ちめいてき》なのかも理解していた。

(しかし、今日で全てが変わる……変わる筈だ……)

それは、ローゼリア王国の頭上に重く垂れさがった暗雲を吹《ふ》き払《はら》う一手。

その思いが、メルティナの心を逸《そ》らせる。

(そう、どちらに転んだとしても……陛下にとっては……)

だから、メルティナは何もしない。

その結果、どれ程の血が流れる事になったとしても。

第一章　戯劇の幕開け

馬車が石畳《いしだたみ》に刻まれた轍《てつ》の上を王城に向かって進む。

(馬車に乗るなんて、ザルツベルグ伯爵邸を初めて訪問した時以来か……あの時は、気にしている余裕《よゆう》もなかったが……)

　窓の外に視線を向けていた亮真《りょうま》の胸中にそんな思いが過る。

馬車に設《しつら》えられているのは木製の椅子《いす》。

その座《すわ》り心地《ごこち》の悪さときたら酷《ひど》いものだ。

　一応クッションが置かれてはいるが、あまり衝撃《しょうげき》の軽減効果はない。

見かけこそレースを用いた豪勢《ごうせい》なものなのだが、実に残念な品だ。

(サスペンションなんて気の利いたものが、この大地世界《アース》にはそもそも存在しないのか、はたまた単に性能が悪いのかは知らないが……尻《しり》と腰《こし》が痛いぜ)

　乗馬とは違った感覚に亮真の手が思わず尻に伸《の》びる。

貴族の端《はし》くれに属する人間としてはあまり格好の好《い》い姿とは言えないだろう。

ただ、そんな亮真の姿を目にする人間はこの馬車の中にはいない。

普段《ふだん》はまず亮真の側を離《はな》れる事のない護衛兼《けん》メイド役のマルフィスト姉妹ですらも、別に用意された馬車に乗り込んでいる。

(形式なのか、嫌《いや》がらせなのか……まぁ、どちらにせよ久しぶりの一人だ。到着するまで羽を伸ばさせてもらいますか。流石《さすが》にこのタイミングで襲撃を仕掛《しか》けてはこないだろうし……な)

自らの片腕《かたうで》とも言える面々が乗り込んだ馬車の事を考えながら、亮真は笑《え》みを浮かべる。

勿論、普通《ふつう》なら亮真はこのタイミングでの襲撃を可能性として考慮《こうりょ》していただろう。

だが、これから行われる茶番劇は、茶番であるがゆえに体裁《ていさい》というものが重要になる。

貴族院にしてみれば【救国の英雄《えいゆう》】と謳《うた》われ始めた亮真を弾劾《だんがい》しようという以上、制度上の不必要な瑕疵《かし》は後々自分達の首を絞《し》めかねない。

護送の途中《とちゅう》で亮真が襲撃されるなんて事は、貴族院側にしても決して利にならないのだ。

それこそ、英雄を謀殺《ぼうさつ》したなどと噂《うわさ》が広まり、ただでさえ治安が悪化の一途《いっと》を辿《たど》る王国に油を注ぐ事態にもなりかねないのだから。

だからこそ、彼《かれ》らは欲《ほっ》している訳だ。正当な裁判を行ったという結果を……

だが、時に人の心はそんな道理や当たり前を無視してしまう。

(特に貴族院に所属する有力者達にとって、俺《おれ》は身内を殺した敵《かたき》だろうな)

亮真は自分がこのローゼリア王国の貴族達から疎《うと》まれている事を理解している。

先日開いた晩餐会《ばんさんかい》ではそれなりの人数が集まりはしたが、それもローゼリア王国に属する貴族全体から見れば極めて少数でしかない。

また、貴族階級の持つ血縁《けつえん》関係というのは、馬鹿《ばか》にできない要素だろう。

彼らは血縁関係同士でも平気で殺し合いをする。

だがその反面、外敵に対しては突然《とつぜん》手を結んで対抗《たいこう》したりするのだ。

そして、血が濃《こ》いか薄《うす》いかはさておいて、ローゼリア王国建国当時から連綿と続くザルツベルグ伯爵家《はくしやくけ》と縁戚《えんせき》関係を持っている貴族の数は多い。

そんな彼等《かれら》が復讐《ふくしゆう》する方法は二つ。

武力に訴えるか法で裁くか。

だが、武力行使は彼等にとってかなりハードルの高い選択《せんたく》だ。

ローゼリア王国内の全ての貴族が団結して攻《せ》めるというのであれば話も変わるだろうが、ウォルテニア半島という天然の要害を本拠地《ほんきよち》とし、ザルツベルグ伯爵と北部十家の面々を打ち滅《ほろ》ぼした亮真と矛《ほこ》を交えるという選択はかなり難しい。

そんな危険《リスク》を負うくらいならば、貴族同士の私戦を禁じている国法をもって、断罪する方が遥《はる》かに安全と言える。

そしてそんな貴族達の思考こそが、この国の国王であるルピス・ローゼリアヌスとその側近であるメルティナ・レクターによって張《は》り巡《めぐ》らされた策謀でもある訳だ。

(まぁ、何所《どこ》までが偶然で、どこからがルピスとメルティナの策謀だったかは分からないがね)

戦後にユリア夫人より聞いた話からも分かるように、ザルツベルグ伯爵家に命じてウォルテニア半島に対して諜報《ちようほう》活動を行わせるというのは、意図的に対立構造を作り出すには典型的な手腕《しゆわん》と言える。

ただ、このタイミングでルピス達が貴族院を動かす事まで計算に入れていたとは考えにくい。

少なくとも、亮真がウォルテニア半島を押《お》し付《つ》けられた段階では、そこまで悪辣《あくらつ》な策謀を張り巡らせてはいなかっただろう。

もしそこまで知恵《ちえ》が回る人間であれば、亮真をこれほど忌避《きひ》はしなかった筈だ。

(本当の意味で潮目が変わったとすれば、ザルーダ王国への援軍《えんぐん》……あそこだろうな……)

立《た》ち枯《が》れを望んでウォルテニア半島などという辺境を与《あた》えたものの、亮真はルピス達の想像を裏切り確固たる地盤《じばん》と軍事力を手に入れてしまった。

ルピス女王にとっては看過出来ない勢力の存在が白日の下に晒《さら》された事になる。

排除《はいじょ》しようとするのは極めて当然だろう。

だが、これを取り除くのは国王であっても簡単ではない。

御子柴《みこしば》亮真が己《おのれ》の才覚で切り開いた領地を王命によって強制的に取り上げようとすれば、己の既得《きとく》権益を守ろうとする貴族達まで敵に回してしまう。

国内の情勢が安定していない時期にそれは致命傷《ちめいしょう》になりかねない。

だからこそ、ルピス女王達はザルツベルグ伯爵家と御子柴亮真の対立に対して意図的に介入《かいにゅう》しない事を選んだ。

そして、両家が共に食い合い、疲弊《ひへい》するように仕向けた訳だ。

そんな事を考えているうちに、馬車がいつの間にか速度を落とし始める。

(どうやらついたようだな……)

馬車が停止すると、亮真は傍《かたわ》らに立てかけていた鬼哭《きこく》を掴《つか》み椅子から腰を上げた。

「それではここで武器をお預かりしたいと存じます」

そう言うと、馬車を降りた亮真に対して、ハミルトンが手を差し出した。

「武器を渡《わた》せ……ね」

その言葉に亮真は探るような視線を向けた。

基本的に、貴族院は王城の一角を占有している。

細かな部分での差異はあるだろうが、亮真の知る限り基本的なルールは同じ筈だ。

そして、王城では貴族の場合は帯剣《たいけん》したままでの登城が許されている。

これは、建国当時から続くローゼリア王国の国法らしい。

勿論、亮真の感覚からすると王城と言えば日本人にとっての総理官邸《かんてい》の様な政治の中枢《ちゅうすう》を担《にな》う重要警戒《けいかい》施設《しせつ》なので、逆に貴族であれば帯剣したまま王城内へ入れるという事を知った際に違和感《いわかん》を覚えたものだ。

とは言え、それを今まで口にした事はない。

(まぁ、セキュリティの概念《がいねん》は時代に因るし……な)

自らの安全は自らの力によってでしか勝ちえないという、この世界ではふさわしい考えかもしれない。

だが、そんな王城内でも貴族が武装解除を命じられる場合がある。

一つは国王へ謁見《えっけん》する場合。

そして、もう一つは貴族院で行われる裁判に出廷《しゅってい》する場合だ。

まぁ、どちらも妥当《だとう》な対応といえるだろう。

国王に謁見する際に武器を持ち込むのは流石に警備的な意味からも不味い。

貴族院の方もある意味、当然と言えば当然だ。

貴族院は、貴族が起こす犯罪行為《こうい》の処罰《しょばつ》や貴族間での争いの調停などが主な仕事である。

簡単に言ってしまえば、最高裁判所の様なもの。

被告人《ひこくにん》が判決に不満で暴れる様な事態も想定される為《ため》、当然ながら貴族院が管轄《かんかつ》する敷地内《しきちない》への武器の持ち込みは厳禁であっても致《いた》し方《かた》ない。

唯一《ゆいいつ》の例外は貴族院を警護する直属の騎士団《きしだん》位なものだろう。

そういう意味からすれば、ハミルトンの要求は職務に沿った至極《しごく》まっとうなものだ。

ただし、法律上はハミルトンが正しくとも、亮真が救国の英雄と謳われる貴族である事を考えると、事情が少しばかり変わってくる。

「今回の出頭命令はあくまで経緯《けいい》を確認《かくにん》するための事情聴取《ちょうしゅ》と聞いていたのですがね?」

亮真の言葉に含まれた意味を察し、ハミルトンは嫌らしい笑みを浮かべた。

だが、差し出した手を引っ込めないところを見ると、引く気はないらしい。

「はい、確かにそのように伺《うかが》ってはおります。ですが、武装解除は国法です。如何に英雄と呼ばれる方であっても法には従っていただきます」

先ほどの賄賂《わいろ》を受け取っておきながら、平然と法を口にするハミルトンの面の皮の厚さに、亮真はある意味感心してしまう。

つまり、全ては向こうの筋書き通りという事だ。

(成程《なるほど》……俺に買収されたのではなく、行きがけの駄賃《だちん》を頂戴《ちょうだい》したと言う訳か。確かに効率は良いわな)

事実、貴族院へ入る際の武装解除はローゼリア王国によって定められた法だ。

そう言う意味では、この廷吏の対応は間違いではない。

ただし、国王との謁見とは違い、多少の匙加減《さじかげん》が効く部分がある。

勿論、被告人として呼ばれたのであれば、武装解除を拒否する事は出来ないだろう。

だが、証人であれば廷吏の許可という形で許容されなくもない。

つまり、賄賂や対応する人間の地位によって加減が効く訳だ。

それにも拘《かか》わらず、ハミルトンは亮真に武装解除を要求した。

それによく見れば、馬車の周りを貴族院直轄《ちょっかつ》の騎士達《きしたち》が十重二十重《とえはたえ》に取り囲んでいる。

剣を鞘《さや》から抜《ぬ》いてはいないが、亮真の返答次第《しだい》では容赦なく武力を行使する腹積もりなのだ。

「それともここで抵抗《ていこう》されますか?」

その言葉に、周囲の騎士達が一歩前に進む。

圧力をかけるつもりの様だ。

亮真は左手に握《にぎ》る鬼哭へ視線を向けた。

(まぁ、ここで鬼哭を抜くのは……愚策《ぐさく》だな)

鬼哭の力を用いれば、この情況《じょうきょう》を武力で切り抜ける事は出来るだろう。

ザルツベルグ伯爵との戦いを介《かい》して、鬼哭はその身にかなりの量の生気《プラーナ》を吸収している上、ある程度は主人として認められている。

十全とはいかずとも、今の亮真であればこの妖刀に秘《ひ》められた力を引き出す事が出来る。

鬼哭の力と影護衛として配置している伊賀崎《いがさき》衆の手練《てだ》れを使えば、ただ武法術を使えるというだけの騎士《きし》程度なら、何人でも切り伏せ包囲網《ほういもう》を突破《とっぱ》する事が出来るだろう。

だがそれを選んだ場合、亮真は明確な罪人になってしまう。

それでは、今まで色々と準備してきた意味が無い。

何しろ、ローゼリア王国の法を司《つかさど》る貴族院の要請を拒《こば》んだ上に刀を抜くのだから、言い訳のしようもないのだ。

確実にルピス女王の主導の下、御子柴男爵《だんしゃく》家に対する大規模な軍が編成される事になる。

そして、王家に対して従順ではない貴族達も、この大義名分に逆らう事は難しい。

(俺が黙《だま》って武装解除に応じればそれで良いし、仮に武力に訴えて逃《に》げ出《だ》しても自分達の正当性を確定させ武力行使の口実を作れる……その辺がこの男を裏で操《あやつ》る貴族院側の狙《ねら》いか……まあ、狙いとしては悪くないな)

ハミルトンの様子から見ても、亮真を挑発《ちょうはつ》するのが目的なのだろう。

敵対者を排除する手段としてはオーソドックスだが、確実な方法と言える。

(そうなると、ここは素直に鬼哭を預けるしかないが……問題はその後だな……結局、伊賀崎

衆に頼《たの》むしかないか）

ハミルトンに鬼哭を預けた場合、問題はどう取り戻すかだろう。

ただの刀であれば、代わりは幾《いく》らでも用意出来るだろうが、鬼哭は伊賀崎衆が連綿と受け継《うつ》いできた唯一無二《ゆいいつむに》の刀だ。

取り返さないなどという判断はあり得ない。

とは言え、この後の展開を鑑《かんが》みるに、対応出来そうな人材と言えば、影護衛として今も亮真の周りを警護する伊賀崎衆くらいしかいないだろう。

そんな亮真の懸念《けねん》を感じたのか、左手に握った鬼哭が何かを訴えるかのように微《かす》かに震《ふる》えた。

どうやら、主である亮真の側から離れる事が不満らしい。

或いは、見も知らない男の手にその体を触《さわ》られる事への嫌悪《けんお》だろうか。

だが、亮真としても他に選択肢《せんたくし》がない以上、鬼哭には我慢《がまん》して貰うしかない。

（そう言うなよ……こうなる可能性は十分考えられたのに、お前さんが聞かなかったんだから。なるべく早く回収してもらうからちょっとだけ辛抱《しんぼう》してくれ）

そんな亮真の想いが伝わったのだろう。

鬼哭から感じていた震えが止まる。

そして、それを確認した亮真はハミルトンへ鬼哭を手渡《てわた》した。

だが、どうやらハミルトンの挑発はこれで終わりではなかったらしい。

「はい、結構でございます。後は……身体検査をさせていただければ終わりです」

ハミルトンの口からさらなる追い打ちが放たれる。

「身体検査……ねぇ。本気でそこまでやるのか？」

亮真の口からため息と共に、呆《あき》れた様な声が零《こぼ》れた。

ハミルトンと彼を裏で操る人間達が抱《いだ》く、亮真への敵意と執念《しゅうねん》を敏感《びんかん》に察した結果だろう。

「申し訳ありません。御子柴男爵は戦輪《チャクラム》の様な武器にも長《た》けたお方と聞いておりますれば、無礼はご容赦いただければ」

だが、そんな亮真に対して当のハミルトンは平然とした態度で頭を下げる。

そして、そこまで廷吏に言われてしまえば、亮真としても否やはない。

素直にコートの内側から戦輪を入れた革袋《かわぶくろ》を取り出すとハミルトンへ手渡す。

勿論、国法で明確に定めているのはあくまでも帯剣の禁止だ。

だが、普通に考えれば槍《やり》や戦斧《せんふ》などの武器類持ち込みを禁止されていると考えるべきなので、槍や戦斧なども対象ではあるだろう。

問題は、戦輪なども対象に入るかどうかという点だ。

(この国の国法の定めるところの武器類ではないだろうが……)

法典にはその辺の記載《きさい》は明記されていない。

それは当然だろう。

戦輪など、この大地世界ではそうそうお目に掛かる事などないのだから。

そう言う意味からすれば、国法の定めるところの武器類ではないと抗弁《こうべん》することは可能だ。

だが、その主張が通る事がないのは目に見えている以上、これ以上の問答は意味がないと判断したのだろう。

そして、無言のまま両手を左右に広げ肩《かた》の高さまで上げる。

空港などで金属探知機に引っかかった際に、係員にやらされるあの格好だ。

そんな亮真の態度にハミルトンは一瞬怪訝《いっしゅんけげん》そうな表情を浮かべたが、直ぐに亮真の意図を察したのか、周囲の騎士《きし》に目配せをする。

「もしお望みならば、服も着替《きが》えようか？　俺の知る限りこの国の法には貴族院に入る際に着替えろとは書いていなかった筈なので、流石に替《か》えの服なんて持ってきてはいないが……そちらで俺の体形に合う服を事前に用意してくれていれば喜んで着替えさせていただくよ」

騎士達の手で体中をまさぐられ不機嫌《ふきげん》そうな表情を浮かべながら亮真が嘯《うそぶ》く。

それと同時に亮真の体から放たれるのは、激しい怒《いか》りと濃密《のうみつ》な殺意。

勿論、本気ではない。

やれるものならやってみろという挑発だ。

だが、その挑発的《ちょうはつてき》な言葉と放たれた殺意に周囲の空気が固まる。

身体検査を行った騎士は数歩後ずさり、亮真の視線を真っ向からその身に受けたハミルトンの顔からは血の気が引いていた。

彼等は思いだしたのだ。

自分達が対峙《たいじ》している人間が一体何者なのかを。

十秒近い沈黙の後、ハミルトンはようやく口を開く。

「いいえ、そこまでしていただく必要はございません。全ては職務故《ゆえ》の事とご理解頂ければ幸いです」

そう言うと、ハミルトンは亮真に対して深々と頭を下げた。

降車場でのひと悶着《もんちゃく》の後、亮真は分厚い門を潜《くぐ》り広々とした庭園を進む。

前方に見えるのは白塗《しろぬ》りの三階建ての建物。

その背後には物見として建てられたのか、二本の尖塔《せんとう》が鎮座《ちんざ》している。

そして、道の脇《わき》には完全武装した騎士が列を作る。

(重要人物の警護……って考えるのは少しばかり楽観的過ぎるか……)

貴族階級は確かにこの大地世界ではＶＩＰ《重要人物》だ。

だが、ＶＩＰだからと言って皆《みな》が等しく同じ待遇《たいぐう》を受けられる訳でもない。

男爵《だんしゃく》と子爵《ししゃく》は爵位《しゃくい》的には一階級しか違わないが、この差は大きい。

馬車の止める位置に始まり、王宮内での謁見の順番などなど、比べ始めたらキリがないだろう。

そして、子爵の上には、伯爵位が存在し、その上にも侯爵《こうしゃく》や公爵《こうしゃく》といった爵位が存在している。

これが最高位の王族ともなれば、比較《ひかく》するだけ馬鹿らしくなってくる差だろう。

だが亮真の知る限り、そんな彼等でもこれほどの警備を受けられる事はない。

そうなると残る理由は二つ。

一つ目は、亮真が王族にも勝《まさ》る貴賓《きひん》の場合。

まぁ、【イラクリオンの悪魔《あくま》】という悪名もあるが、ローゼリア国民の大多数から見れば御子柴亮真という男は、救国の英雄と言っていいだろう。

そんな男がやって来たのだ。

男爵という爵位から見れば高位貴族とは言えないが、多少の配慮《はいりょ》が必要だと考える人間がいたとしても、何の不思議もない。

(最高のVIPは犯罪者だなんて言葉もあるらしいが……これを見た限り事実だな)

勿論、これは皮肉だろう。

だが、警備という観点では正しいかもしれない。

何所《どこ》の国でも刑務所《けいむしょ》というのは、二十四時間厳重な警戒《けいかい》をされているのだから。

亮真は騎士達の壁《かべ》が造る道を進む。

貴族院側は亮真に対してかなり警戒をしているらしい。

問題は、その警戒がどちらの意図を持っているかだ。

(とはいえ、連中の態度や表情を観《み》た限り、とても歓迎《かんげい》しているとは思えないか……だとすると)

残るもう一つの可能性。それは、亮真を危険人物として見ている場合だ。

(まぁ、最初から期待はしていなかったが……こいつは中々に前途多難《ぜんとたなん》な審問になりそうだな)

そんなことを想いながら、亮真は悠然《ゆうぜん》と歩き続けた。


あれからいったいどれほどの時間が経っただろうか。

（三時間？　いや、そんなもんじゃないな……）

亮真の腹具合から考えると、五時間や六時間は経《た》っている筈だ。

窓一つない部屋に押し込められた亮真がソファーに寝《ね》ころびながら宙を睨《にら》む。

ハミルトンも、この部屋に亮真を案内すると直ぐにコソコソと姿を消した。

あまり貴族としては好ましい事ではないのだが、とはいえここには人の目がない。

何しろトイレに行かせろと頼んだら、騎士が尿瓶《しびん》らしきものを持ってきたのだ。

勿論、受け取った品の見た目はそれほど悪くはなかった。

貴族用なのか、陶器《とうき》で出来て花が描《えが》かれている。

見た感じはかなりお洒落《しゃれ》だ。

病院などで用いられる透明《とうめい》なプラスチックやガラス製とは違い、中身を目にする事もない。

とは言え、亮真にとってそれで用をたすというのはかなり抵抗を感じるのは確かだろう。

少なくとも、亮真が記憶《きおく》している限りでは、彼の人生において尿瓶など使った事がないのだから。

（本当か嘘かフランスのベルサイユ宮殿《きゅうでん》ではトイレがなくて、尿瓶を使うか屋外の暗がりで済ませたって話だからな……）

勿論、この大地世界に召喚される前にインターネットで偶々《たまたま》調べた情報なので真偽《しんぎ》の程は不明だ。

だが、もしその情報が本当であれば亮真が頭の中に抱いていた上品で文化的なフランス貴族とは、実態がだいぶ違う事になる。

とはいえ、亮真の頭にある貴族は所詮《しょせん》、現地の実情を知らない外国人が勝手に抱いたイメージでしか無いのも確かだ。

(それに、現代と十六世紀じゃ生活も考え方も違うのは当然だしな)

ともあれ、そういう意味からすれば、この大地世界はだいぶマシという事になるだろう。

少なくとも、トイレという存在があるのだから。

勿論、水洗ではない。田舎《いなか》で見る様な汲《く》み取り式だ。

それに、数だって限られている。

少なくとも、コンビニのトイレを借りる様な気安さでは使えないだろう。

だが、それでも存在自体が無いのと、使えないのでは大分意味合いが変わってくる。

(まぁ、本気でトイレに行きたかった訳じゃないから構わないが……しかし、食事も出さないとはねぇ)

確かに、亮真は貴族院に遊びに来た訳ではない。

だから、食事を出せというのはわがままなのかもしれなかった。

また、万が一毒殺の可能性を考えれば、たとえ食事が出されたところで亮真がそれに口をつける訳にもいかない。

だが、それはあくまでも亮真個人の事情でしかないだろう。

(普通の貴族であれば、まず間違いなく責任者を出せと暴れた筈だ)

何しろ、食事もなければ、一杯《いっぱい》の水も出ないでこの狭《せま》い部屋に放置だ。

いや、そもそも論として亮真の他に誰《だれ》もいないというのは不自然といえる。

後続の馬車には証人として呼ばれたユリア夫人を筆頭にロベルトやシグニス達が乗っていたはずだ。

そしてそれには、メイド服を身に纏《まと》っていたローラ達も同乗している。

勿論、証人であるユリア夫人達と亮真の部屋を分けるのは理解出来なくはない。

だが、そこを問題視するのであれば、そもそも論として亮真が王都の滞在先《たいざいさき》としてザルツベルグ伯爵邸を用いている事を先に問題視するべきだろう。

それを問題にしていなかったにもかかわらず、今更部屋を別々にする意味がない。

それに、従者やメイドなど身の回りの世話をする人間と切り離している事自体が貴族に対する待遇としてはかなり問題といえる。

貴族にとって従者やメイドとは、文字通り自らの手足に等しいのだから。

(これも嫌がらせの一環《いっかん》かね……?)

貴族院に所属している貴族の中には、ザルツベルグ伯爵家や北部十家に縁《えん》のある人間もいる。

そういった人間の多くが、亮真に対して敵意を抱いているのは当然だろう。

とは言え、彼等の大半は貴族ではあっても、大した力は持っていない。

勿論、領民に対してであれば幾らでも横暴になれるだろうが、貴族同士では話が変わってくる。

少なくとも、暗殺などの実力行使に出る事の出来る人間は限られるだろう。

だが、そこまでいかなくても彼等の留飲を下げる事は出来るのだ。

(まぁ、良いさ。こっちもそんなことは想定の範囲内《はんいない》だからな)

貴族院が自分を公正に扱うなんて夢を亮真は抱いては居ない。

可能性としては一割あるかどうかだろう。

そして、そうなった際の対応策は既に準備している。

(この感じなら……まぁ、プランB……いやCだろうな)

それは貴族院の対応によって変える予定だった三つの事前計画の一つ。

プランにはその中でそれぞれ細かい分岐《ぶんき》はあるが、大まかに言って、友好的か、中立か、敵対的で分かれている。

プランCは正直に言って、幾つかある計画の中でもあまり気乗りはしない方の計画だ。

何しろ、かなり荒《あら》っぽい手段なのだから。

しかし、自分と仲間を守るという目的の為には致し方ないのも事実だ。

(鬼哭の回収は伊賀崎衆に既に頼んだし……後は……)

そんな事を考えながら、亮真は静かに時を待ち続けた。

部屋の中から聞こえてくるのは口笛の音。

時に低く。

時に高く。

物悲しくもあり、リズミカルでもある。

口笛と聞くと中には音楽ではないという人もいるが、熟練した口笛は歌と同じ楽器を使わない音楽だと言えるだろう。

ただ、問題はそこではない。

「おい……また聞こえてきたな？」

部屋の扉《とびら》の前に並んで警備していた騎士が相方へ訪ねる。

フルフェイスの兜《かぶと》に因って隠《かく》されてはいるが、恐《おそ》らくは困惑《こんわく》の表情が浮かんでいるのは想像に難《かた》くない。

そしてそれは、話しかけられた相方も同じだろう。

「あぁ……いったいどういうつもりなんだろうな。あの若造は……成り上がりとは言え、貴族の端くれのくせに口笛なんてな」

「自分がここにいる理由が分かってないんじゃないか？」

「そんなことはないだろうが……問題は、どうするか……だな」

止めさせるか、このまま知らん顔で済ませるか。

確かに、貴族階級の人間が口笛を吹いてはいけないという法はない。

だが、場所柄《ばしょがら》というものが有る。

何せ、ここはローゼリア王国の貴族院。

いうなれば最高裁判所の様な場所だ。

王宮の謁見の間に並ぶこのローゼリア王国における権威《けんい》の象徴《しょうちょう》と言っていいだろう。

当然、それ相応の厳粛《げんしゅく》さを求められる。

確かに、時間つぶしとして口笛を吹いたからと言って罪ではない。

問題は、罪ではない行為を止めさせるべきかどうかだ。

ただ、通常であれば、騎士達は迷うことなく口笛を止めさせていただろう。

口笛の妥当性《だとうせい》はさておき、厳粛な場には静寂《せいじゃく》こそが相応《ふさわ》しいだろうから。

まぁ、そもそもとして普通の貴族は貴族院の中で口笛など吹かないだろうから、こんな問題など起こりようがないといった方が正しいだろうか。

だが、運の悪い事に二人はそんなあり得ない状況《じょうきょう》に直面していた。

(異例続きだな……)

警護の騎士達は、上役である貴族院の議長からこの部屋の人間を厳重に監視《かんし》するようにと密命を受けている。

貴族を待たせておくには色々と問題のある部屋をあてがった事も異例だし、供の人間と切り離したのも異例だ。

それに同僚《どうりょう》から聞いた話では、携帯《けいたい》していた剣《けん》も没収《ぼっしゅう》したらしい。

確かに審問《しんもん》が開かれる議事堂へ向かう際には一時的に預かる事にはなっているが、貴族院の入り口でとなれば話が大分変わってくる。

勿論《もちろん》、騎士達も部屋の人間に対しては色々と思うところがあるのは事実だ。

若くしてつかんだ男爵という地位。

そして、武人としての名声。

そのどれもが、騎士達には憧《あこが》れであると同時に、妬《ねた》ましさを感じる。

中年に差《さ》し掛《か》かった今からでは、二人には決して手に入れられない物だから。

だが、だからと言って明確な悪意を感じるかと問われれば、そうでもない。

少なくとも、陥《おとしい》れてやろうとか、嫌がらせをしてやろういう気持ちはなかった。

「とりあえず、様子見するか。不味《まず》ければ上が言ってくるだろう」

「そうだな……」

相方の言葉に騎士は小さく頷く。

貴族院の上層部が考えている事も朧気《おぼろげ》ながらに騎士達には想像がついていた。

だが、だからと言って何かをするつもりもない。

悪意はないかもしれないが、善意もないのだ。

火の粉を進んで被《かぶ》るつもりは、二人にはなかった。

その後、二人は無言のまま口笛が鳴《な》り響《ひび》く部屋の前に立ち尽《つ》くしていた。

審問が開始される時間までただジッと。

亮真が窓のない狭苦《せまくる》しい一室で優雅《ゆうが》な一時を楽しんでいた頃、貴族院の一階の最も奥《おく》に位置する大法廷《だいほうてい》とも呼ばれる審問の間では、判事と検事役を合わせて総勢二十人もの貴族院を構成する議員達《たち》と、ロベルト・ベルトランが激しい舌戦を繰り広げていた。

「ロベルト・ベルトラン殿《どの》。それでは貴方《あなた》は御子柴男爵に対して、今回のザルツベルグ伯爵家との私戦において行われた蛮行《ばんこう》を非難するつもりも、御父上《おちちうえ》と兄上殿の死の責任を求めるつもりもないと？」

判事の一人が声を荒らげる。

そこに含《ふく》まれているのは、驚《おどろ》きと恐れだ。

勿論《もちろん》、ロベルトが恐ろしいのではない。

確かに武人として、目の前に立つロベルトは卓越《たくえつ》した存在だが、ここは貴族院の審問の場。

正確に言うと微妙《びみょう》に違うのだが、簡単に言えば裁判と言っていいだろう。

ただ、どちらにせよ武力でどうこうなる場ではない。

だから、本来であれば男がロベルトを恐れる理由はない。

だが現実として、男はロベルトに恐れを抱いていた。それはロベルトが亮真を責め立てようとしないという事を、彼自身が理解出来ない事によって生じた恐れだろうか。

ローゼリア王国の貴族社会において血縁関係は最も重視される要素の一つだ。

子は父親に対して絶対的な服従を求められるし、親を殺されて報復を誓《ちか》わない子供はいない。

江戸《えど》時代で言うところの敵討《かたきう》ちの様な考え方だろうか。

現代の考え方からすれば古臭《ふるくさ》く、時代錯誤《じだいさくご》と言っていいだろう。

だが、それが大地世界における社会の常識だった。少なくとも表向きは。

或いは、建前と言ってもいいかもしれない。

まぁ、それも当然と言えなくもないのだ。

血縁関係以外にも、貴族が貴族である為に必要な要素は多い。

家柄《いえがら》や家の盛衰《せいすい》は特に大きな意味を持つだろう。

本当の意味で貴族が譲《ゆず》れない一線というのは家名を保てるかどうか。

逆に言えば、それ以外は意外と融通《ゆうずう》が利《き》かなくもない。

名誉《めいよ》も道徳も、家名を守るという究極的な目的の前では、二の次三の次だろう。

ただし、それは決して気にしないという事でもない。

少なくとも、建前を使う方が状況的《じょうきょうてき》に有利であれば、彼等は躊躇《ちゅうちょ》なく正論という建前を振《ふ》りかざすだろう。

敵を追《お》い詰《つ》める武器として。

だからこそ、彼等にしてみればロベルトの言葉は理解出来ないのだ。

(まぁ、こいつ等に俺の気持ちが理解出来るはずもないが……ね)

子は親に従うべきものではあるという意見にはロベルトも異を唱える気はない。

だが、親の行動の全《すべ》てを子が許容しなければならないというのは間違《まちが》っているとも思う。

少なくとも、奴隷《どれい》の様な扱《あつか》いをされて迄《まで》、唯々《いい》諾々《だくだく》と従わなければならないとは思えない。

奴隷にだって、鞭《むち》と引《ひ》き換《か》えにではあっても反抗《はんこう》する権利くらいはあるのだから。

「もう一度お聞きします。ロベルト・ベルトラン殿。貴殿《きでん》は御子柴男爵に因《よ》って引き起こされた今回の私戦を認めると……そうおっしゃるのですか？」

再び繰り返される問い。

正直に言えば、「うるせぇ！」と叫《さけ》んだ後に、男のすました表情を浮《う》かべる顔面に拳《こぶし》の五発や六発くらいは叩《たた》きこんでやりたいところだ。

何しろロベルトの拳は戦場で鍛《きた》えに鍛えた武器だ。

その殺傷力は拳や槍と何ら変わりはしない。

碌《ろく》に戦場に出たこともない様な貴族など、一撃《いちげき》で地面に叩きつけられたスイカの様な有様になるのは間違いないだろう。

（きっと気分が晴れやかになるんだろうなぁ……）

もしこの審問がロベルト自身の個人的な事であれば、我慢などしなかったかもしれない。

何しろ、こんな馬鹿を相手にしなければならないのだ。

ストレスがたまるのは当然と言えるし、元々ロベルトは我慢強《がまんづよ》い人間とは言えない。

だが、少なくとも今はダメだ。

（主を持つというのも楽じゃない……な）

嘗《かつ》てのロベルトは自分が人に仕える日が来るなんて想像もしていなかった。

ザルツベルグ伯爵《はくしゃく》に色々と配慮を受けていた時も、彼を主君だと思った事は一度としてない。

確かにそれなりの恩義を感じてはいた。

周囲はあまり良い顔をしなかったが、ザルツベルグ伯爵の事をオヤジと呼ぶ程度には親しみを感じていたのも確かだろう。

しかし、それはあくまでも自分の武力と引き換えにした対等な取引だという認識《にんしき》でしかない。

金銭的な雇用《こよう》関係ではなかったが、両者の関係は傭兵《ようへい》と雇《やと》い主に近いだろう。

だが、今のロベルトには主君が居る。己の命を捧《ささ》げるに相応しい野望と理想に燃える男が。

早婚《そうこん》の多い大地世界であれば、下手するとロベルトの息子《むすこ》であったとしても不思議ではない様な歳《とし》若き主。

その若さにやりにくさを感じる人間もいるだろう。

だが、そんな事はロベルトにとっては些末《さまつ》な事でしかなかった。

武人が己の命を賭《か》けるに値《あたい》すると思える主人に巡り合えたのだから。

だからロベルトは、再び同じ言葉を口にする。

それが、意味のない事だと知っていても。

青白い月が、貴族院の二階に設えられた院長室の窓から差し込んでくる。

時間は既《すで》に深夜近くに差し掛かっていた。

部屋には、貴族院の長であるハルシオン侯爵を初めとし、貴族院の幹部達が勢ぞろいしている。

ソファーに腰掛《こしか》ける彼等の顔に浮かぶのは、困惑と動揺《どうよう》だろうか。

そしてそれは、この部屋の主であるハルシオン侯爵にも同じ事が言えるだろう。

いや、執務机《しつむづくえ》に両肘《りょうひじ》をつき、組み合わせた手の上に置かれた顔には、それらに加えて、明確な苛立《いらだ》ちの色が混じっていた。

「これは、少しばかり面白《おもしろ》くない展開……ですな。院長」

そう言うと、貴族院副院長を務めるアイゼンバッハ伯爵がため息をつく。

実際、かなり予想外の展開が続いているのは確かだ。

何しろ、審問自体が長引いてしまい、今日で終わる筈《はず》が明日へと持《も》ち越《こ》しにされたのだから。

貴族院側では既に結論が出ている話がこれほど結審《けっしん》まで延びるのは異例だろう。

そして、何よりも予想に反して証人達が非協力的な態度を見せている事が問題だった。

「ロベルト・ベルトランにシグニス・ガルベイラか……確かに二人は相当な曲者《くせもの》だとは聞いていたが、まさかあれほどだとは……」

貴族院側の判事と検事役が相当な圧力を加えたにもかかわらず、ロベルトとシグニスは己の意見をほんの少しも曲げなかった。

ロベルトはハルシオン侯爵達《こうしゃくたち》に対して慇懃無礼《いんぎんぶれい》とも言える挑発を繰り返したし、シグニスの方は泰然《たいぜん》とした態度で事実のみを淡々《たんたん》と語った。

両者はまさに炎《ほのお》と氷の様に正反対の対応を見せたが、貴族院に対して明らかな敵意や反感を抱いているのは容易に見て取れる。

いや、問題なのはロベルト達だけではない。

その他《ほか》の証人に関しても想定外の証言をしているのだから。

「確かにあの二人は問題だ。だがそれよりも、ユリア・ザルツベルグ夫人の方が不味いだろう。まさか夫を殺されておきながら、平然と御子柴男爵を擁護《ようご》するなど……流石《さすが》【毒婦】などと噂されるだけあって、面の皮の厚い事よ」

その言葉に、周囲から次々と賛同の声が上がる。

ロベルトやシグニスの証言に関しては、御子柴亮真を擁護する可能性が貴族院の間で取《と》り沙《ざ》汰《た》されてはいたのだ。

何しろ、ロベルトとシグニスに対する両家の扱いは決して良いものではなかった。

いや、シグニスに関して言えば、待遇が悪いどころかいっそ醜悪《しゅうあく》とすら言ってもよいかもしれない。

(あの連中が頑《かたく》なに拒まなければ、我《わ》が伯爵家に婿養子《むこようし》として迎《むか》え入れたものを……まぁ、今《いま》更《さら》言ったところで意味はないが……)

その思いは、アイゼンバッハ伯爵をはじめとして、この場に居る大半の貴族の共通した思いだろう。

何しろ、あれだけの武勇を誇《ほこ》りながらも、ロベルトとシグニスは二人そろって独身。

三十も半ばを過ぎようかという健全な男性が……だ。

勿論、ロベルトは正妻の子ではあっても家督《かとく》を継ぐ立場にはないし、シグニスに関しては庶子《しょし》だ。

血を重視する貴族社会からすれば決して、優良物件とは言えない。

だが、それはあくまでも二人がただの男でしかなかった場合の話。

そして、二人は常人の枠《わく》に収まらない突出《とっしゅつ》した武力をその身に宿している。

それこそ、【ザルツベルグ伯爵家の双刃《そうじん》】などと謳《うた》われローゼリア王国有数の豪傑《ごうけつ》としての名声と実績を持つ身であれば、多くの貴族が娘《むすめ》の婿《むこ》にと請《こ》い願った筈だ。

実際、貴族院の中にもあの二人を望んだ家がある位なのだから。

正直、彼等の親族が横槍《よこやり》を入れさえしなければ、栄達の道は幾らでもあった。

それを事ある毎《ごと》に潰《つぶ》され続けたのだ。

当然、二人は己の親族に対して深い恨《うら》みを抱いていただろう。

(血縁《けつえん》関係と言う物は、血が繋《つな》がっているが故に深い恨みを募《つの》らせるからな)

親を憎《にく》む子供と子を厭《いと》う親。

勿論、それは貴族にとっても好ましくない醜聞《しゅうぶん》の類《たぐい》だ。

だから、ベルトラン男爵家もガルベイラ男爵家もそれらの噂《うわさ》を必死で隠そうとはしていた。

しかし、一定以上の力を持つ人間にとっては両家の努力など何の意味もない。

だからこそ、この場にいる誰もがロベルト達の置かれていた立場を理解している。

当然、そんな境遇《きょうぐう》にあった彼等《かれら》に手を差し伸《の》べた御子柴亮真を庇《かば》うのは、貴族院側にとってもある意味、想定の範囲内と言えた。

しかし、ユリア・ザルツベルグは違《ちが》う。

【毒婦】や【烈婦《れっぷ》】などと噂されてはいたが、夫であるザルツベルグ伯爵とユリア夫人との間に確執《かくしつ》はなかった筈なのだから。

実際、ユリア夫人がザルツベルグ伯爵の不正や王国に対しての不忠を暴露《ばくろ》したのは、貴族院側にしてみればかなりの痛手と言えた。

それはつまり、ローゼリア王国の秩序《ちつじょ》と繁栄《はんえい》の為に決起したという、御子柴亮真の主張を正当化してしまう可能性があるのだから。

「ですが……審問という体裁《ていさい》をとる以上は……」

幹部の一人であるテレーゼ子爵が躊躇《ためら》いがちに口を開いた。

実際、証人達が御子柴亮真を糾弾《きゅうだん》しないからと言って、それを責める事は許されない。

あくまでも貴族院の審問は公正中立を標榜《ひょうぼう》しているのだから。

だが、それが単なる建前でしかない事はこの場にいる全員が理解している。

「確かに……ですが、このままでは当初の計画が狂《くる》ってきてしまう」

そう言いながら、アイゼンバッハ伯爵は深いため息をついた。

欲《ほ》しいのは御子柴亮真が私的にザルツベルグ伯爵家《はくしゃくけ》とそれに追従する北部十家を亡《ほろ》ぼしたという証言だ。

その一言さえあれば、話は簡単に済む。

ただ問題は、その一言をどうやって得るかだ。

（いっそ拷問《ごうもん》でも……）

苛立ちからそんな暗い感情がアイゼンバッハ伯爵の脳裏《のうり》に浮かんだ。

その時、部屋の扉を控《ひか》えめにノックする音が聞こえた。

「なんだ？」

副院長のアイゼンバッハ伯爵が問う。

「恐れ入ります。至急ご報告したい事が」

その声が院長付きの秘書官であると察し、アイゼンバッハ伯爵は部屋の主へと視線を向けた。

本来であれば、場を弁《わきま》えろと怒鳴《どな》りつけたいところではある。

だが、人払《ひとばら》いを命じていたにもかかわらず報告に来たという事は、本当に至急なのだろう。

だから、アイゼンバッハ伯爵は小さくハルシオン侯爵に向かって頷《うなず》いて見せた。

それが膠着《こうちゃく》しつつある現状を動かす一手であると信じて。


貴族院の上層部が今後の方針を検討していた丁度同じころ。

王都ピレウスの富裕層《ふゆうそう》が暮らす一角に設けられた屋敷《やしき》に、その女は居た。

その青く澄《す》んだ光は、生命の力強さに満《み》ち溢《あふ》れた陽《ひ》の光とはまるで逆。穏《おだ》やかな母の愛に満ちている様に柔《やわ》らかく心地《ここち》が良かった。

だが、そんな月の光を浴びながらも、その女の心は決して平穏《へいおん》ではなかった。

女の名はエレナ・シュタイナー。

このローゼリア王国の将軍にして軍神と謳われる女傑《じょけつ》だ。

しかし、そんな女傑の顔には憂《うれ》いの色が浮かんでいる。

(本当にこの館《やかた》を訪《おとず》れて良かったのかしら……伊賀崎衆の報告では、あの子の方は計画通りに動いているようだけれど……)

本来であれば、エレナは此処《ここ》に居るべきではない。

何しろ時期が時期だ。

如何《いか》に入念に練られた策でも、計画通りに進めなければ意味が無い。

そう言う意味からすれば予定通りに事を進めるのが第一であり、余計な事に首を突っ込んでいる暇《ひま》などある筈もないだろう。

だが、それを理解していても、エレナは此処に来る事を選んだ。

いや、来るしかなかったと言っていいだろう。

(あの男の言葉を信用するなんて……でも、万が一にも本当だったら、私は……)

それは、先日行われた会合の場で須藤秋武《すどうあきたけ》より告げられた言葉。

もっとも、それが本当だとはエレナ自身も信じ切れては居ない。

第一に、タイミングがあまりにも良すぎる。

何せ、エレナが新たな未来を選ぶ事を決意した直後の話なのだ。

その上、この話を持ち込んできた人間があまりにも胡散臭《うさんくさ》い。

何しろ、先の内乱の際にはゲルハルト公爵側について暗躍《あんやく》していた男だ。

今では、敵であった筈のミハイルと手を組み相談役の様な扱いを受けているという話も秘《ひそ》かに漏《も》れ聞《き》いている。

その狙いが何であるかは未《いま》だに不明だが、亮真も自分の持つ情報網《じょうほうもう》を駆使《くし》して最大限に警戒している男だ。

そんな男から聞いた話を鵜呑《うの》みにするほどエレナ・シュタイナーと言う女は甘《あま》くない。

しかし、エレナは須藤が告げた内容を無視する事も出来なかった。

(問題は、このペンダント……これが本物であることは間違いようの無い事実……)

エレナは手の中のペンダントに視線を向ける。

そしてロケットの部分の留め金を外した。

その時、部屋の扉を叩く音がした。

「よろしいですかな?」

それは、今エレナが最も聞きたくない男の声。

だが、個人的な感情で幾ら嫌《いや》だろうと、結論を見なければ先に進めないのだ。

「ええ……どうぞ」

「失礼、随分《ずいぶん》とお待たせしてしまいましたかな?」

そう言いながら、問題の男である須藤秋武が部屋の中に入って来た。

開口一番に、謝罪の言葉が出てくるあたり、かなりエレナに対して気を遣《つか》っているように見える。

（まぁ、それもこれも、全てお芝居《しばい》だという可能性だってあるけれども……ね）

須藤秋武という男の容姿は、どこにでもいるような中年男性でしかない。

少なくとも、彼《かれ》の容姿から武人としての資質や覇気《はき》を感じる事はないだろう。

だが、それはあくまでも表面的なもの。

（蛇《へび》か蠍《さそり》ってところかしら？　それとも巣の中央で獲物《えもの》が網《あみ》にかかるのを待ち構えている毒蜘蛛《どくぐも》？　どちらにせよ、こんな場合でなければあまりお近づきになりたいタイプの男ではないわね……）

エレナにとって本当に怖《こわ》いのは、ロベルトやシグニスの様な百獣《ひやくじゆう》を従える猛々《たけだけ》しい獅子《しし》ではない。

目の前で愛想笑《あいそわら》いを浮かべている須藤の様な草むらに潜《ひそ》む毒蛇《どくへび》なのだ。

しかし、毒虫だと分かっていても、今のエレナには取れる選択肢はない。

「気になさらないでください。今夜お時間を頂きたいと願ったのは私の方なのですから……」

そういうと、エレナは窓際《まどぎわ》に置かれたソファーへ須藤を誘《さそ》う。

本来、客の立場であるエレナが椅子《いす》をすすめるというのも変な話だ。

だが、須藤は嬉《うれ》しそうに頷くと深々と腰《こし》を下ろす。

「いやぁ、【ローゼリアの白き軍神】との会談は実に光栄なのですが、同時に緊張《きんちよう》してしまい

ますなぁ」

「あらまぁ、何をつまらない事をおっしゃるのかしら……私など所詮はただの老いぼれですもの。軍神などと呼ばれたのも所詮は過去の栄光ですよ……それに、先日も須藤様とは一度お会いしておりますし……今更緊張《いまさらきんちょう》などと、ご冗談《じょうだん》が過ぎますわ」

そう言うと、エレナは口元を手で隠しながら品の良い笑い声をあげる。

勿論、それはエレナの嫌味《いやみ》。

だが、そんなエレナの嫌味を、須藤秋武は顔色一つ変えずに受け流すと華麗《かれい》に切り返す。

「そんな事はないでしょう。最近も色々と動かれているようですし……ね」

勿論、その含みのある言葉の意味を取り違えるエレナではない。

(やはり、この男は油断がならないわね……あの子と良い勝負だわ)

だが、それを表情に出すほどエレナも青くはない。

「まぁ、私も一度現役復帰《ひとたびげんえき》したからには、この国の為《ため》に最善を尽くす義務がありますから」

「もちろんです。この国の行く末を憂いてのご判断なのはこの須藤秋武、十分に理解しておりますよ」

睨み合う二人。

両者の視線が交差し、目に見えない火花が飛ぶ。

どれほどその状態が続いただろう。

やがてエレナは大きくため息をつくと、肩を竦《すく》めて見せる。

須藤秋武という男は油断のならない毒蛇だが、今夜この屋敷に足を向けた用件とは別の話なのだ。

「そうね……化かし合いはやめにして、そろそろ本題に入りましょうか……」

その言葉に須藤は笑《え》みを浮かべる。

「ええ、エレナ様との知的な会話も悪くないのですが、お時間も限られていますからな……それでは……」

そういうと須藤は卓《たく》の上に置かれていたベルを鳴らす。

それと同時に、部屋の扉が軽く数回ノックされた。

どうやら、既に待ち人は扉の前でスタンバイしていたらしい。

「入りなさい」

「失礼します」

須藤の言葉に従い、扉が開かれる。

その瞬間《しゅんかん》、勢いよくソファーから立ち上がると、女の顔を確かめたエレナは思わず息を呑《の》んだ。

エレナの瞳《ひとみ》に映るのは、ウェーブが掛かった金髪《きんぱつ》を短めに切りそろえた女。

背はエレナと同じか少し高いくらいだろうか。

革《かわ》の鎧《よろい》を身に着けているところから察するに、生業《なりわい》は傭兵《ようへい》か冒険者《ぼうけんしゃ》と言ったところだろう。

女は須藤の横に無言で立っているだけだ。

だが、その立ち居振る舞《ふま》いから、女が歴戦の武人である事は簡単に見て取れた。

しかし、エレナが衝撃《しょうげき》を受けたのは、女が手練《てだ》れの武人だからではない。

（似ている……私の若い頃《ころ》に……）

髪型《かみがた》こそ異なるが、自分の若い頃にそっくりなのは間違いない。

だから思わず、エレナは有り得ない言葉を口にしてしまった。

「サ……サリア？　本当にサリアなの？」

それは政争に巻き込まれて死んだ娘の名。

常識で考えれば有り得ない話だ。

しかし、女はそんな有り得ないエレナの問い掛けに小さく頷く。

「はい、お母様」

その言葉を聞いた瞬間、エレナの目が潤《うる》む。

親としての本能から考えれば当然の反応だろう。

それでも、エレナの武人としての習性が警鐘《けいしょう》を鳴らしている。

（都合が良過ぎる……こんな事……）

死んでいたと思われる娘が実は生きていた。

実に喜ばしい事ではあるだろう。

先日、須藤から渡《わた》されたロケットペンダントの中に収められていた肖像画《しょうぞうが》を見ても、目の前の女が娘である可能性はかなり高い。

だが、それでも絶対の証拠《しょうこ》とは言えないのだ。

だから、血液判定もＤＮＡ鑑定《かんてい》もないこの大地世界において出来る最大の確認《かくにん》を行う。

「そう……それでは、肩《かた》を見せて貰《もら》えるかしら？」

それは、妙齢《みょうれい》の女性に向けて頼《たの》むにはとても失礼な要求だった。

ましてや、この部屋には男性である須藤も居るのだから。

しかし、エレナは須藤に対して退室を求めないし、女も嫌がる素振《そぶ》りは見せない。

まるでこうなる事が予定されていたと言わんばかりの態度だ。

そして、女はエレナの要求に従い身に着けていた革の鎧を外すと左肩《ひだりかた》を露《あら》わにした。

その行動がエレナの疑問と警戒心《けいかいしん》を溶《と》かす。

エレナは肩を見せろとは言ったが、どちらの肩を見せろとは意図的に指定しなかった。

もし、サリアを名乗るこの女が偽物《にせもの》であれば、エレナの言葉に戸惑《とまど》いを見せただろう。

しかし、女は何も問い返す事無く、エレナの求めに応じた。

（動揺《どうよう》は見られない……か）

エレナは無言のまま女に近づくと、愛《いと》おし気《げ》に彼女の肩を撫《な》でる。

それは正三角形を描くような位置関係に並んだ三つの黒いほくろ。

（あぁ……この子は本当に……）

決して見間違《みまちが》える筈のない我が子の証を目にして、抑《おさ》えていた歓喜《かんき》の感情が爆発《ばくはつ》しエレナは
その場に泣《な》き伏《ふ》した。

そして、そんなエレナの様子を須藤は無言のまま見守る。

まるで悪魔の様な笑みと共に。


（朝か……）

仰向《あおむ》けに寝転《ねころ》がっていたソファーの上で、亮真はゆっくりと目を開く。

窓もなければ時計もない部屋だが、亮真の体内時計はかなりの正確さを誇るので、一昼夜が過ぎたかどうか位は簡単に分かる。

目覚めた時の感覚と、腹の空腹具合から考えてもまず間違いないところだろう。

（結局、一日近く放置か……）

審問すると人を呼び出しておいて放置だ。

しかも、この部屋にはベッドなどの気の利いた家具はない。

ローゼリア王国の一般的な貴族であれば、我慢《がまん》出来ずに怒鳴《どな》り散らす事は確実だろう。

とは言え、巨体《きょたい》を誇る亮真が横になれるくらい大きいソファーがあるので、ベッド代わりには使える。

漫画喫茶《まんがきっさ》で使われる様なリクライニングシートで寝るのと同じと言えば同じなので、多少足が出てしまう事を除けば亮真自身にそれほど強い不満はない。

出来れば毛布と枕《まくら》が欲しかったくらいだろうか。

だが、貴族階級に対する扱いでない事だけは確かだろう。

問題は、この情況《じょうきょう》が亮真に対する貴族院の嫌がらせなのか、それとも彼等の想定外の何かが起きての事なのかだ。

（まぁ、どちらにせよ、流石《さすが》に今日は動くだろう……だが、もし動きが無いようなら……伊賀崎衆を使うか？）

事前に貴族院の内部に潜入《せんにゅう》している伊賀崎衆を使えば、食事を差し入れさせる事も出来るだろうし、外の状況がもう少し詳細《しょうさい》に分かるのは確かだ。

だが、当初の計画にない仕事をさせれば、貴族院側に亮真達の動きがばれてしまう危険性も出てくる。

鬼哭に関しては亮真の愛用品という以前に伊賀崎衆の守り刀とも言うべきものなので、回収を命じたのはやむを得ない事だったが、これ以上の危険は冒《おか》すべきではないだろう。

作戦の成否を考えれば、空腹程度ならば我慢《がまん》するべきだ。

（ただ、あまり物分かりが良すぎるのも問題だからな……その辺のバランスが難しい）

疑われまいとして、お利口な囚人《しゅうじん》を装いすぎると、それはそれで相手に不自然さを与《あた》えてしまう。

適度に反抗的《はんこうてき》な態度を見せたり、無駄《むだ》な要求だと分かっていてもごねて見せたりする必要もあるだろう。

その辺の匙加減《さじかげん》は正直に言ってかなり微妙なところだ。

だが、流石に貴族院側も餓死《がし》させるつもりはないらしい。

廊下《ろうか》を反響《はんきょう》する靴音《くつおと》が聞こえてきた。

やがて、その靴音は扉の前で止まる。

そして鍵束《かぎたば》をいじくる音がした後、ゆっくりと扉が開かれた。

そこには完全装備の騎士《きし》が三人立っていた。

一人はお盆《ぼん》を手にしているところを見ると食事を持ってきたのだろうか。

その後ろに控える二人は護衛なのだろう。

実に仰々《ぎょうぎょう》しいというか、物々しい事だ。

余程《よほど》、亮真が信頼《しんらい》出来ないらしい。

彼等はお盆をテーブルの上に置くと、無言のまま足早に部屋を後にする。

「へぇ、ようやく飯を出してくれたって訳か」

テーブルの上に置かれたお盆を見て、亮真は笑みを浮かべた。

実に丸一日ぶりの食事だ。

もっとも、ホテルではないので、お盆の上に置かれた食事のレベルは酷《ひど》い。

パンはどう見ても大分前に焼かれた日数の経《た》ったもの。

深皿に盛られたスープも既に冷めている。

粗末《そまつ》な食事というよりは、残飯処理に近いようなレベルだ。

（まぁ、最高級の料理が出てきても、どうせ口には出来ないから、逆に気楽っちゃ気楽だけどな……）

そんな事を考えながら、亮真は部屋の隅《すみ》に置いておいた空の尿瓶《しびん》の中に料理をぶち込んでいく。

別に、料理の質が悪いから食べたくないといった子供じみた癇癪《かんしゃく》からの行動ではない。

亮真にとって今は戦いの最中だ。

そして、ここは貴族院。

いうなれば、敵地のど真ん中と言っていい。

そんな場所で、敵側から提供された食事に口をつける度胸を亮真は持ってはいない。

毒殺の可能性を考えれば当然の判断だ。

いや、毒殺まではいかなくても、痺《しび》れ薬を入れたり麻薬《まやく》の様なものを入れたりして、亮真の正常な行動や思考を妨害《ぼうがい》してくる可能性もある。

勿論、現代日本の常識で考えれば、毒殺の可能性を考えるなんてどうかしているだろう。

相応の証拠もなく他人に言えば、被害妄想《ひがいもうそう》だと鼻で笑われるのが関の山だ。

だが、武人としての心構えから見れば、毒殺を警戒《けいかい》して敵から出された食べ物や飲み物に手を付けないなど、初歩の初歩でしかない。

武術を修練するより前に身に付けるべきものと言えるだろう。

実際、毒殺は敵を排除《はいじょ》する上で有効な手段なのだ。

例えば、洋式の食事で銀の食器を用いる。

銀製の食器が美しく豪華《ごうか》なのは確かだろう。

しかし、それも元をたどれば銀製品が砒素《ひそ》に触《ふ》れると黒ずむという特性を利用して、毒殺を警戒していた時代の名残《なごり》だ。

戦乱の時代にかぎらず、権力者には毒殺の可能性が常に付きまとっていたのだ。

それは、洋の東西を問わない歴史的事実。

だから、飢《う》え死《じ》にしかねない様な状況にでもならなければ、亮真が彼等から提供された食料を口にする事はないだろう。

とは言え、食事が食べられないからと言って亮真は怒《いか》りや不満を感じる事はなかった。

いや、それどころか出された事に喜んでいるというのが正直なところだろう。

（いよいよ動きを見せたか……）

最低品質とは言え、食事を出したという事は、貴族院側で動きがあったという事だ。

亮真の予想が正しければ、もう少ししたら騎士が扉を開けに来る筈だ。

問題は、審問に呼びに来たのか、それとも有無《うむ》を言わさず処刑《しょけい》すると腹を括《くく》ったのかという点だろう。

（まぁ、どちらにせよ構わないがね……）

亮真はソファーに寝《ね》ころびながら、右の手首を軽く撫でる。

そして、左の手のひらから伝わる感触《かんしょく》を確かめると満足そうに小さく頷き、再び目を閉じた。

それからしばらくして、扉の外から警備の騎士以外から放たれる人の気配を感じ、亮真はゆっくりと目を開ける。

すると直《す》ぐに、鍵束のジャラジャラという音と共に、鍵が外れる音がした。

姿を現したのは亮真も知っている人物。

「あぁ、ハミルトンさん。おはようございます。一日ぶりですかね？」

左右に警護の騎士を侍《はべ》らせた知人に亮真は朝の挨拶《あいさつ》をする。

勿論、本来であれば男爵《だんしやく》位に属する亮真からハミルトンに挨拶をする必要はない。

だが、亮真はそれを知っていた上で、平然と破って見せた。

もっとも、ソファーに寝そべった状態なので、不作法という意味からすれば今更だ。

しかし、そんな亮真に対して、ハミルトンはどもりながらも怒りを見せることなく挨拶を返す。

「お、おはようございます……お待たせして申し訳ございませんでした……」

相当に居心地が悪いのだろう。

実にぎこちない動作だ。

だが、亮真はそんなハミルトンの態度に恐れが含まれている事を感じた。

(成程《なるほど》……大分派手にやった様だな)

伊賀崎衆が亮真の指示に従い、ハミルトンを脅《おど》したのだ。

この様子から察するに、家族を人質《ひとじち》にとっているのだろう。

忍《しの》びである伊賀崎衆の事だ。

目的遂行《すいこう》の為ならば、拷問も躊躇わないだろう。

（欲にかられて舐《な》めた真似《まね》をしなければ、こんな目に合わずに済んだのにな）

確かに、あまり好ましい手段ではない。

いや、亮真の善悪の観点から見れば完全に悪だ。

だが、ハミルトンの様な欲深な人間には極《きわ》めて有効な手段である事も事実である以上、行わないという選択肢《せんたくし》はない。

彼等の大半は、他者に対しての共感能力が低く、弱者に対して驚く程傲慢《ほどごうまん》で慈悲《じひ》の欠片《かけら》もないが、その一方で、己《おのれ》自身や家族に対しての痛みや恐怖《きょうふ》には滅法《めっぽう》弱い事が多いのだから。

それに、ハミルトンの態度を見た限り、彼は明らかに敵側の人間。

公務に勤《いそ》しむ真面目《まじめ》な人間を脅迫《きょうはく》するのは亮真も躊躇するが、敵の家族を狙《ねら》う事に躊躇するのはただの愚《おろ》か者《もの》か偽善者《ぎぜんしゃ》だろう。

（ただ、線引きだけは注意しておかないとな……）

暗殺や脅迫といった方法で物事を解決するのは、有効で効率的な手段だが、その一方で極めて扱いが難しい方法でもある。

分かりやすく言えば、病気に対する治療《ちりょう》方針として病巣《びょうそう》の切除や縫合《ほうごう》などの外科的《げかてき》手段が暗殺や脅迫で、内科的な投薬治療などが他の手段といったところか。

確かに、投薬治療の方が穏当《おんとう》だし手術に比べれば敷居《しきい》も大分低い。

それに対して外科的手段はどうしても敷居が高く感じてしまう。

しかし、だからと言って何が何でも外科的な解決方法を避《さ》けるというのは合理的だとは言えない。

医療《いりょう》で大切なのは命を救うという目的であり、その手段は外科的手段でも内科的手段でも基本的にはどうでもよい事なのだ。

暗殺や脅迫もそれと似たようなものだ。

だが、注意する必要もある。

人間というのは往々にして成功例に飛びついてしまいやすい存在だ。

そして、一度境界線を踏《ふ》み越えてしまうと、歯止めが利かなくなる事も多い。

何より、暗殺や脅迫を多用するという事は、人間としての格を確実に下げるし、周囲との無用な軋轢《あつれき》を生む。

亮真の様に割り切れる人間は少ないのだ。

少なくとも、そういう噂が流れる事だけは避けるように注意する必要があるだろう。

(まぁ、それもこれも俺《おれ》の器次第《うつわしだい》……という事だけどな)

清濁併《せいだくあわ》せ呑《の》む度量。

清い水も濁《にご》り水も共に飲める事が王の資質の一つだと、亮真は考えているのだから。

「それで、ハミルトンさんはどっちの御用《ごよう》で来られたんですかね?」

亮真は、挨拶を交《か》わした後、何時《いつ》までも扉《とびら》のあたりで立ち尽くし動こうとしないハミルトンへ声を掛ける。

それはつまり、自分を呼びに来たのか、それとも殺しに来たのかという問いであり挑発《ちょうはつ》だ。

そんな亮真の問いに、ハミルトンは一瞬《いっしゅん》肩《かた》を小さく震《ふる》わせた。

そして、先日とは打って変わったオドオドとした態度で口を開く。

「勿論……お迎《むか》えに参りました……」

「そうですか……では、行くとしますか」

その返事を聞き、亮真は満足げな笑いを浮かべると、ソファーからゆっくりと体を起こした。

先頭を歩くハミルトンに導かれながら、亮真は貴族院の中を進む。

王宮ほどではないとしても、かなり広大な建物だ。

十分近くも歩かされただろうか。

その間ずっと、自分へチラチラと視線を向けるハミルトンの態度に、亮真は髪《かみ》を軽く掻《か》いた。

確かに、家族を伊賀崎衆の手に囚って家族を人質にされたハミルトンにしてみれば、今の状《じょう》況《きょう》は不安で仕方がないだろう。

何しろ、昨夜帰宅した際に、もぬけの殻《から》だった家に置かれた一通の手紙だけが、唯一《ゆいいつ》の情報なのだ。

誰《だれ》が、何の為に家族を攫《さら》ったのか、ハミルトンの胸の中はその疑問でいっぱいだろう。

そして、今の状況で最も動機と実行可能な力を持つ人間はハミルトンの目の前にいる。

護衛の騎士が一緒《いっしょ》に居なければ、ハミルトンは亮真に食《く》って掛《か》かったであろう事は想像に難《かた》くない。

ハミルトンはきっと、亮真を鬼《おに》か悪魔《あくま》のように感じているに違いないだろう。

何故《なぜ》、自分が標的にされたのか、その理由を顧《かえり》みる事もなく。

（きちんと役目を果たせば問題ないと手紙には書いてある筈なんだがなぁ。俺の顔色を頻《しき》りに窺《うかが》っている感じからも、誰の手引きかは凡《およ》そでも予想がついている筈だし……な）

一瞬《いっしゅん》、亮真と視線が合ってしまい慌《あわ》てて顔を背《そむ》けるハミルトンを眺《なが》めながら、亮真は小さなため息をつく。

（気持ちは分からなくもないが、そんなに俺は信用が無いかねぇ？　全く……これでもクラスメイトの間では話の分かる良い人で通ってるんだけどなぁ）

確かに、手紙に書かれていた命令を実行したからと言って、ハミルトンの家族が無事に帰ってくる保証などないのは確かだろうし、仮に保証があったとしてもハミルトン自身がそれを信じはしないだろう。

だが、少なくとも亮真は一度交《か》わした約束を自分から反故《ほご》にするような事はしない。

同じ手段を用いてはいても、エレナの娘を誘拐《ゆうかい》して将軍を辞《や》めさせた上に、取引を平然と破って奴隷商人へ売《う》り払《はら》った今は亡《な》きアーレベルク将軍の様な下種野郎《げすやろう》でないのだから。

勿論《もちろん》、明確に約束していない部分の解釈《かいしゃく》を上手《うま》く活用する事はあるだろう。

俗《ぞく》に言うところの黒と白の間であるグレーゾーンという奴《やつ》だ。

しかし、黒の領域に足を踏み入れる事だけはないと断言出来る。

それがたとえ口約束や今回の様な手紙による一方的な物であったとしてもだ。

誘拐犯《ゆうかいはん》でも、それをビジネスとしている犯罪者は、身代金《みのしろきん》を払うと必ず人質を解放するというが、それと同じ事。

勿論、金だけ貰って人質を殺す誘拐犯が多いのは確かだし、誘拐の目的が金銭以外の場合もあるので一概《いちがい》には言えないだろう。

だが、その一方で警察を介入《かいにゅう》させずに身代金を支払《しはら》えば、人質が帰ってくる場合があるのも否定できない事実である。

結局、誘拐犯が職業的プロな犯罪者か、ただの素人《しろうと》なのかという点が問題なのだ。

何故《なぜ》なら、職業的な犯罪者は決して契約《けいやく》や約束を破らない。

一度約束した事を履行《りこう》するという信用こそが、人間関係を構築する上で最も重要な基盤《きばん》である事を知っているからであり、犯罪者という世の中の法を破る事を前提とした生き方を選んだ人間における、唯一の保証だと理解しているからだろう。

当然、彼等は自分と同じだけの誠意と信用を相手にも求めてくる。

信用や信頼とは、双方向《そうほうこう》であるべきものなのだから。

そして、それを理解していない人間は何時か必ず命という代価を支払わされる事になる。

自分か家族かの区別なく……だ。

そういう意味からすれば、ハミルトンはまだ幸運とすら言える。

確かに安易な行動から亮真の怒りを買ったが、少なくとも問答無用で命の取り立てを受けている訳ではないし、家族と再会するという道も残されているのだから。

(信用を失う時は一瞬だが、得るには長い時間が掛かると、爺《じい》さんからはよく言われたもんだ……あの時はただの五月蝿《うるさ》い小言としか感じなかったがなぁ……)

それは、大抵《たいてい》の日本人が親から一度は言われた言葉だ。

そして、人間関係に置いて最も重要な概念《がいねん》と言える。

孤掌《こしょう》鳴らし難しと言うことわざがある様に、人は一人では生きていけないのだ。

そして、一人では生きていけない以上、信用や信頼は集団を形成する上で必須《ひっす》の概念と言える。

信用は過去の行動や実績から導き出されるものであり、信頼は信用を土台として予測される肯定的《こうていてき》な未来予想と言ったところだろうか。

だからこそ、己の立場を利用して約束を一方的に破棄《はき》して見せたルピス・ローゼリアヌスを、亮真は決して信用も信頼もしないのだ。

(まぁ、利用はさせて貰うんだけど……な)

亮真が人の悪い笑みを浮《う》かべながらそんな事を考えていると、先頭を進むハミルトンが大きな扉の前で足を止めた。

審問《しんもん》が開催《かいさい》される部屋に到着《とうちゃく》したのだろう。

扉に施《ほどこ》された見事な装飾《そうしょく》と、左右に警護の騎士が立っている事から見ても、その認識に間違《まちが》いはなさそうだ。

ハミルトンが小さく頷くと当時に、騎士達《きしたち》の手に因《よ》って扉がゆっくりと開かれていく。

(まぁ、こいつの事は伊賀崎衆に任せておけばいいだろう……俺は俺で仕事をしないとな)

未だに何か言いたそうな表情を浮かべるハミルトンを尻目《しりめ》に亮真は悠然《ゆうぜん》と扉を潜《くぐ》った。

そこはかなり大きな部屋だった。

いや、部屋というよりは法廷《ほうてい》と言った方が適切だろう。

亮真は知らないが、昨日ロベルトを始めとした商人たちが舌戦《ぜっせん》を繰《く》り広《ひろ》げた大法廷《だいほうてい》とも呼ばれる大広間だ。

日本では審問を行う場合、審問室と呼ばれる部屋に通されるのだが、どうやらこのローゼリア王国では違うらしい。

「御子柴男爵《だんしゃく》閣下。こちらへ……」

壁際《かべぎわ》にズラリと立ち並ぶ警護の騎士の一人が、亮真を先導する。

亮真は先導に従って足を進めながら、素早《すばや》く法廷の四方に視線を走らせた。

(随分と警戒されているな……まぁ、裁判所の法廷ならば警備が厳重なのは当然だが……ザッとみたところ四～五十ってところか)

貴族院はローゼリア王国の重要な機関の一つである以上、その法廷に警備として騎士が配備されているのは当然だ。

だが、この数はかなり過剰《かじょう》と言えなくもないだろう。

「此処にお立ちください」

そこは、まさにこの部屋の中心。

床《ゆか》から一段高くなった場所だ。

その前には、資料を置けるようになのか、小さな台が置かれている。

そこだけ見れば、法廷の作り自体は異世界であってもそれほど変わらないようだ。

(だが……椅子は無しか……やれやれ、足が浮腫《むく》んでしまわないか心配だな)

嫌がらせなのか、そんな配慮《はいりょ》をこの大地世界の人間に求める亮真が愚かなのかはさておき、審問が終わるまで立ちっぱなしでいろという事らしい。

亮真は小さくため息をつくと、そのまま部屋の中央に立った。

それを待っていたかのように、木槌《きづち》で木製の台座を叩《たた》く音が響《ひび》く。

そして、亮真の前に座《すわ》る二十人の貴族達《たち》の中で、一団高い場所に座る男が徐《おもむろ》に口を開いた。

「さて、それでは審問を始めるとしようか」

どうやら、亮真を一昼夜もあの狭苦《せまくる》しい部屋で待たせておきながら、謝罪の一言もないらしい。

人の上に立ち、人に命令する事を当然と考える人間の声だ。

しかも、名乗らないところを見ると、自分の事を知っていて当然と思っているらしい。

(まぁ、貴族派の重鎮《じゅうちん》様だ。この国で此奴《こいつ》の顔が分からない貴族は居ないだろうけど……な)

確かに、不愉快《ふゆかい》ではある。

だが、亮真としてもハルシオン侯爵《こうしゃく》の持つ権勢を認めない訳にはいかない。

貴族派。それはゲルハルト元公爵《こうしゃく》を頂点とした、ローゼリア王国における貴族達に因って構成された国内最大規模の集団だ。

だが、大きく一括《ひとくく》りに貴族派と呼ばれる貴族達だが、その内情は様々。

例えば、己の領内を繁栄させる事を目的とした貴族もいれば、領地の管理よりも王宮内での権力闘争《とうそう》を重視する貴族も居る。また、国境線に近い領地を拝領している貴族であれば、軍事を重視するだろう。

そして、ハルシオン侯爵は貴族派の中でも王国の政治を司《つかさど》る官僚《かんりょう》貴族と呼ばれる一団の長《おさ》だ。

実際、ハルシオン侯爵の権勢は並々ならないものが有る。

貴族院は貴族位に叙《じょ》せられた人間の処遇《しょぐう》や処罰《しょばつ》を専門に取《と》り扱《あつか》う、言うなれば貴族専用の裁判所の様な存在だろうか。

確かに、王政であるローゼリア王国の最高責任者にして最高権力者は国王であるルピス・ローゼリアヌスだ。彼女の手には司法、立法、行政の全《すべ》てが握《にぎ》られている。

しかし、そんな最高権力者であっても、全ての仕事を彼女が処理出来るという訳ではない。

勿論、最終的な承認《しょうにん》は女王であるルピスが出す。

だが、実務にまで介入するのはかなり難しい。

そして、その実務を取り仕切る長が、亮真の目の前に座って傲慢《ごうまん》な笑みを浮かべているハルシオン侯爵という訳だ。

(さぁて、侯爵がどう出てくるか……まずは、一発かまして様子を見ますか)

亮真は深く深呼吸すると、ゆっくりと口を開いた。

第二章　舌戦

「そうですか。それでは審問を開始いただく前に……まずはザルツベルグ伯爵家との間で起きた不幸な行き違いから、この度《たび》は皆様《みなさま》にお手数をお掛けする事態になってしまい、私としても慚愧《ざんき》の念に耐《た》えません。この場をお借りしてご列席の皆様には深く謝罪させていただきたいと思います」

そう言うと、亮真《りょうま》は神妙《しんみょう》な表情を浮かべながら、ゆっくりと目の前に座る貴族達へと頭を下げる。

右手を臍《へそ》のあたりに置きながら左手を腰の後ろに回し体を折るそれは、ローゼリア王国の宮《きゅう》廷《てい》で使われる作法だ。

その所作はまさに完璧《かんぺき》であると同時に、武を修めた人間特有の凛《りん》とした姿と相まって実に風格がある。

実に、殊勝《しゅしょう》な態度と言えるだろう。

だが、そんな亮真に対して周囲の反応は変わらなかった。

いや、正確に言えば変わりはしたのだ。

ただし、より悪い方へと。

敵意に満ちた視線を向けていた貴族達の顔に、優越《ゆうえつ》と侮蔑《ぶべつ》の色が浮かぶ。

彼等《かれら》にしてみれば、粋《いき》がっていた成り上がり者が、貴族院からの呼び出しを受けて下手に出てきた様に見えたのだろう。

殊勝な態度だと褒《ほ》めるよりも、今更《いまさら》何をと言う感情の方が強いのだ。

だが、亮真も別に貴族連中へ下手に出るつもりなど毛頭ない。

そんな周囲の視線を受けながら悠然と体を起こすと、ハルシオン侯爵の隣《となり》に座るアイゼンバッハ伯爵《はくしゃく》へと顔を向けて言葉を続ける。

「何よりこの国の重鎮であり、日々お忙《いそが》しくされている貴族院の副院長であられるアイゼンバッハ伯爵に、このようなお時間を頂戴《ちょうだい》する事になり誠《まこと》に申し訳ありませんでした」

その言葉が放たれた瞬間、法廷の空気がピンと張《は》り詰《つ》める。

別に亮真の態度が無礼だった訳でも不作法だった訳でもない。

少なくとも、審問を受ける側の人間としては、及第点《きゅうだいてん》と言える態度なのは間違いないだろう。

だが、問題なのは亮真が誰に向けて礼と謝罪の言葉を口にしたのかという点だ。

(何という事を……)

(あの男は頭がおかしいのか?)

亮真へ向けられていた視線に、戸惑《とまど》いと未知な存在に対しての恐怖が混じる。

声にならない微《かす》かなざわめきが、貴族達の間から沸《わ》き起《お》こった。

それも当然だろう。

何しろ、この貴族院における最高権力者である筈《はず》のハルシオン侯爵を平然と無視し、本来は二番手であるアイゼンバッハ伯爵へと謝罪の言葉を口にして見せたのだ。

それは、一国の大統領を目の前にしておきながら、副大統領へ先に頭を下げる様なものと言えるだろう。

確かに、アイゼンバッハ伯爵とハルシオン侯爵を取り違《ちが》える事はあり得る。

大地世界《アース》では写真などの技術は存在しない以上、実際に顔を合わした事がない人間が事前に相手の顔を知る手段は限られているのだから。

あるとすれば、画家に肖像画を描《えが》かせるくらいだろうか。

だが当然、絵はどれほど優《すぐ》れていても写真とは異なる。

画家の腕《うで》に因っても変わってくるかもしれない。

そういう意味からすれば、どれ程《ほど》事前に注意していようが勘違《かんちが》いや人違《ひとちが》いは起こり得るのだ。

しかし、アイゼンバッハ伯爵を貴族院の副院長とハッキリ口にしている以上、亮真の言葉は勘違いや単なる無知である筈がなかった。

そうなると、全ての意味合いが変わって来る。

(私に向かって頭を下げる事で、意図的に侯爵の存在を無視した。この男はローゼリア王国でも指折りの実力者に公然と宣言して見せたのだ。貴族院の長であり、このローゼリア王国の名門貴族であるハルシオン侯爵家に向かって、お前など興味もなければ何の価値もない存在なのだと……)

アイゼンバッハ伯爵は真っ先に自分へ頭を下げて見せた亮真の意図を正確に読み取っていた。

それは、権勢を誇《ほこ》るハルシオン侯爵に向かって放たれた最大の侮辱《ぶじょく》であり明確な挑発だ。

いや、貴族社会においては挑発と言うよりは、宣戦布告と捉《とら》えられても何の不思議もない行《こう》為《い》とさえ言えるだろう。

そして、そんな亮真の意図を理解出来ない貴族は存在しない。

アイゼンバッハ伯爵は素早く右手に座るハルシオン侯爵の顔色を窺《うかが》う。

その目に映るのは、ハルシオン侯爵の恥辱《ちじょく》と憤《ふん》怒《ど》で真っ赤に染まった顔。

こめかみには血管が浮き出て、固く握りしめられた両手がブルブルと震えていた。

（下《げ》賤《せん》な成り上がり者と散々馬鹿《ばか》にしてきた相手に公然と侮辱されれば当然……か）

貴族と言う存在は面子を潰《つぶ》されたり、家名を汚《けが》されたりする事を何よりも嫌《きら》う。

それこそ、単に挨拶の順番を間違えたといった程度の些《さ》細《さい》な事で、決闘沙《けっとうざ》汰《た》になる事も珍《めずら》しくはないし、場合によっては派閥《はばつ》を巻き込んだ戦に発展する事もある。

事実、貴族院が扱う事案の内、半数ほどはそういった貴族の面子や誇りに関係する物である事からもそれは明白と言えるだろう。

貴族にしてみれば、命よりも家名の方が重いのだ。

そしてそんな貴族達の中でも、ハルシオン侯爵は特に家名や家格を気にする人間だった。

確かに、治める領地はそれほど大きなものではない為、経済力や軍事力はそれほど大きくはない。

貴族派を形成する貴族達の中には、ハルシオン侯爵領よりも広大な土地を治めている人間が何人も存在している。

だが、何代にもわたって貴族院の長と言う地位を歴任してきたハルシオン侯爵家が持つ王宮内での影響力《えいきょうりょく》は、まさに絶大と言っていいだろう。

その力は、絶対的な権力者である筈の国王ですらも配慮が必要な程だ。

誰もが侯爵に対して敬意を示し、頭を垂れてきたし、侯爵自身もそれを当然と認識《にんしき》してきた。

そう、つい先ほど御子柴《みこしば》亮真が口を開くまで……は。

その胸中は如何《いか》ほどだろうか。

元々ハルシオン侯爵自身も我慢《がまん》強い性格ではないし、寛容《かんよう》な人間でもない。

貴族院を統括《とうかつ》する能力はともかく、人格的には並と言ったところ。

少なくとも、成り上がりの若造に侮辱されて平然と受け流せる様な人間でない事だけは確かだろう。

本来であれば、椅子を蹴倒《けたお》して怒鳴《どな》り声《ごえ》をあげても何の不思議もない。

それでも、怒りを露《あらわ》にしないだけ、ハルシオン侯爵は冷静さを保っていると言える。

(きっと、腸《に》が煮えくり返《かえ》る程の怒りに駆《か》られている事だろうな……)

御子柴亮真の態度は、貴族の常識からすれば、挑発行為《ちょうはつこうい》ととられるものなのは確かだ。

しかし、だからと言ってこの審問の場で声を荒《あら》らげる様な態度を見せるのは、ハルシオン侯爵にとっても決して得策ではない。

亮真の態度に含《ふく》まれた意図は明白だが、形式上の礼は守っている。

確かに、ハルシオン侯爵を無視した形になってはいるが、そもそも侯爵自身が名乗っていない以上、列席しているとは知らなかったと主張されればそれ以上の追求は難しいだろう。

ハルシオン侯爵が無礼を咎《とが》めるには、自らがこの場に居る事を御子柴亮真が事前に知っていた事を証明する必要が出てきてしまう。

（有力貴族であるハルシオン侯爵の顔を知らなかった点を責める事も出来るが……）

アイゼンバッハ伯爵は目の前で柔《やわ》らかな笑みを浮かべる男を睨《にら》む。

ローゼリア王国内に割拠《かっきょ》する貴族は大小合わせて千に近い。騎士階級迄含《までふく》めればその数はさらに膨《ふく》れ上《あ》がるだろう。

正直に言って、その全ての顔を識別出来る筈もない。

自らが出来ない事を他人に求めたとなればどうなるか。

場合によっては、ハルシオン侯爵が自分を陥《おとし》れようとしたなどと主張してくるかもしれない。

それが分かっているからこそ、ハルシオン侯爵も沈黙《ちんもく》を守っているのだ。

（確かに効果的ではあるだろう。だが、普通《ふつう》の貴族であればまずこのような選択肢を取る事はない……成り上がりであるが故《ゆえ》に、貴族社会の横のつながりが希薄《きはく》だからこそ取れる手段だな。しかし、この男の事だ……さぞ声高《こわだか》に我々の非をあげつらってくる……）

そうなれば、貴族院の権威《けんい》は著《いちじる》しく傷つけられる事になるだろう。

特に怖《こわ》いのは、その一連の経緯《けいい》が何かのはずみで外部に漏《も》れる事だ。

確かに、貴族社会において御子柴亮真という男は異端者《いたんしゃ》と言っていいだろう。

少なくとも、この場に列席している貴族の中で、御子柴男爵家に好意を抱《いだ》く人間は一人もいない。

だが、巷《ちまた》では【救国の英雄《えいゆう》】としての名声が高いのも事実だ。

【イラクリオンの悪魔】と言う悪名すらも、今では忌避《きひ》と言うよりは畏怖《いふ》に近い意味合いを持ち始めている。

そんな英雄を陥れようとしたなどと、まかり間違っても世間に吹聴《ふいちょう》される訳にはいかないのだ。

(勿論、この場での出来事が外に漏れる事はない筈だ。しかし……)

この場に居るのは仲間内の貴族と、貴族院に所属する警備の騎士だけ。

普通に考えれば、この場で何が起きようが、世間に漏れる心配はない。

とは言え、隠《かく》したい情報ほどどこからともなく漏れる物だ。

万に一つの可能性が捨てきれない以上、御子柴亮真の挑発に乗るのは下策でしかない。

(しかし、このままでは侯爵の面子が立たないのも確か……となれば……)

この場における最高権力者である侯爵自身の口から、自分が列席している事を告げるのは悪手だ。

それではハルシオン侯爵がどれほどの権勢を持っていようとも、傍目《はため》からみれば名前を憶《おぼ》えて貰えない間抜《まぬ》けに見えてしまう。

自分が他人から忘れられてしまう様なちっぽけな人間だと認める様なものだ。

そしてそれは、ハルシオン侯爵の威厳《いげん》を貶《おとし》める事になる。

そうである以上、残された選択肢は一つしかなかった。

アイゼンバッハ伯爵の顔に浮かぶのは困惑《こんわく》と諦《あきら》めの色。

彼《かれ》の立場にしてみれば、まさに貧乏《びんぼう》くじを引かされた気分だろう。

だが、この場を丸く収められるのは、亮真に話しかけられたアイゼンバッハ伯爵しかいない。

意を決し、アイゼンバッハ伯爵はゆっくりと椅子《いす》から立ち上がり、口を開いた。

「丁重《ていちょう》な謝罪の言葉、実に痛み入る。だが、御子柴男爵殿《だんしゃくどの》は何か勘違いをされているようだ」

「と、おっしゃいますと？」

アイゼンバッハ伯爵の言葉に、亮真は軽く首を傾《かし》げて見せる。

表面上はにこやかな笑《え》みだ。

しかし、その笑みの裏に含みがある事をアイゼンバッハ伯爵は敏感《びんかん》に感じとった。

(とは言え、この男が何を企《たくら》んでいようが、出来る事をするしかない……か)

最善ではなくとも、このまま黙《だま》っているよりは事実を告げる方が万倍もマシだろう。

「私はあくまでも補佐《ほさ》でしかない。今回の審問は全て、こちらにおられる当貴族院の院長、ハルシオン侯爵が取り仕切られておられる」

その言葉に、椅子に座り沈黙を守っていたハルシオン侯爵が深く頷《うなず》いて見せた。

アイゼンバッハ伯爵の言葉を聞き、多少落ち着きを取り戻《もど》したのだろう。

固く握りしめられていた拳《こぶし》も、今は解かれている。

それを横目で確認したアイゼンバッハ伯爵は一気に攻勢《こうせい》へと転じた。

「そもそも、御子柴男爵は何故、貴族院院長であられるハルシオン侯爵が列席していないなどと勘違いされたのか、その方が不思議だ」

その言葉に周囲から賛同の声が上がる。

「今回の審問は先日起きた戦の結果、王国内の平穏《へいおん》と秩序《ちつじょ》を乱した事に対して貴公の釈明《しゃくめい》を聞く場。これは、貴族同士の私戦を禁じた国法にも触れる貴族院において最重要案件に位置する事案。ましてや、今回の戦の結果、この国の北方の国境防衛を担《にな》ってきたザルツベルグ伯爵を始め、北部十家の当主や係累《けいるい》の多くが命を落とす事態になっている。これは国防に大きな影《えい》響《きょう》を与えている。事の如何《いかん》によっては爵位《しゃくい》を没収《ぼっしゅう》の上、家名の断絶もあり得よう。このような重要な審問を、御子柴殿は何故貴族院院長が担当しないと判断されたのだろう？　まさかとは思うが、事の重大さをご理解頂けていなかったという事かな？」

それは痛烈《つうれつ》な反撃《はんげき》だった。

実際、アイゼンバッハ伯爵の言葉には理がある。

しかし、亮真は悠然とした態度を崩《くず》さない。

何故なら、それこそが亮真の待っていた言葉だったのだから。

「そうでしたか……それでは、私が従者と切《き》り離《はな》された上、窓もないような一室で一昼夜を過ごす羽目になったのも、この審問を取り仕切られておられるハルシオン侯爵の御指示《ごしじ》……と言う事でよろしいのでしょうか？　私の記憶違《きおくちが》いでなければ、このローゼリア王国の国法において、審問はあくまでも当事者に事情を聴《き》き、裁判を行うかどうかの判断を行う場と定義されていた筈。当然、爵位を持つ貴族の一員として遇《ぐう》される権利を持っているのだと認識していたのですが……」

そう言うと、亮真は顔を伏《ふ》せる。

勿論、本気で悲しんでいる訳ではない。

だが、それだけで亮真が何を言いかけたのか周囲の人間には嫌《いや》と言うほどに伝わった。

（こいつ……自分が不当に扱われた事を論《あげつら》い、貴族院の中立性に疑義を生じさせる事で、この審問自体を我々の謀略《ぼうりやく》だとでも訴《うった》えるつもりか……）

確かに、御子柴亮真が独房《どくぼう》の様な一室に軟禁《なんきん》されていたのは、アイゼンバッハ伯爵を始め、この場に列席している誰もが知っていた事だ。

そしてそれが、爵位を持つ貴族に対して相応《ふさわ》しい処遇かと尋《たず》ねられれば、首を横に振《ふ》るしかないのもまた事実だろう。

実際、たとえ裁判で有罪判決を受けた罪人であったとしても、死罪でもない限りは爵位を持つ貴族には相応の待遇《たいぐう》が与えられるのだ。

そしてそこには、従者を付ける権利なども含まれてくる。

では、それを分かっていて何故あんな待遇をしたのかと問われれば、理由は一つしかない。

御子柴亮真に対しての敵意と反感だ。

(不満を抑《おさ》える為《ため》に黙認《もくにん》したのだが……まさか逆手に取られるとは)

アイゼンバッハ伯爵の唇《くちびる》から小さな舌打ちが零《こぼ》れた。

貴族院にはザルツベルグ伯爵家《はくしゃくけ》や北部十家の各家と血縁《けつえん》関係を結んでいる家が幾《いく》つか存在している。

中には数世代前に結んだ婚姻《こんいん》関係などと言うのもあるが、貴族社会が縁故《えんこ》関係である事を考えれば、十分に身内の範囲《はんい》に入ってくるのだ。

そんな彼等にしてみれば、御子柴亮真は単に成り上がり者の貴族と言うだけではなく、明確な身内の敵と言っていい。

本来であれば、報復の為に連合を造って兵を挙げるところだろう。

だが、それをされれば国内情勢は更《さら》に混沌《こんとん》となる。

だからこそ、審問を行い正式な手順を踏んだ上での報復をすると言う事で、アイゼンバッハ伯爵はハルシオン侯爵と二人で気勢を上げる貴族達を抑え込んだのだ。

それが、ローゼリア王国の法律が定める正規の手続きなのだから。

(陛下もそれを強く望まれた以上、我々がそれに従うのは当然の事だ……だが……)

今まではあまりしっくりといっていたとは言えない女王ルピスと貴族院だが、この件に関しては御子柴男爵家の排除という事で完全に協調関係が構築されていた。

共通の敵を前にして、今までの確執《かくしつ》を一時的にでも棚《たな》上げにしたのだ。

後は、敵をどう言う形で排除するかという点だが、これに関しては女王側より正規の手順を踏むようにと強く要請《ようせい》されている。

勿論、【救国の英雄】を処断する以上、ルピス女王としても体面を整えなければならないのは当然である以上、貴族達も納得《なっとく》はしたのだ。

しかし、人の心理と言うのは時に道理を無視する事がある。

それは、犯罪の被害者《ひがいしゃ》やその肉親が、加害者に対して法律で規定されている以上の厳罰《げんばつ》を望む事があるのと同じような物かもしれない。

だからこそ、アイゼンバッハ伯爵は御子柴亮真が貴族院の一角に設けられた薄汚《うすぎたな》い部屋に軟禁されるのを黙認した。

この程度であれば、仮に外部に漏れたところで、言い訳が立つと考えたからだし、下手に強制して配下の貴族達の不満が爆発《ばくはつ》しても扱いに困るからだ。

勿論、アイゼンバッハ伯爵自身も御子柴亮真に快適な環境《かんきょう》を与《あた》えてやりたいと考えていた訳ではないので、渡《わた》りに船と言ったところだったのも確かだろう。

だが、当人からこんな形で逆ねじを喰《く》らわされる事になるのは想定外だった。

しかも、この審問を院長であるハルシオン侯爵が取り仕切っていると明言した後で……

(不味《まず》い……特に、ハルシオン侯爵の意向に因ってと言うのは不味すぎる……場合によってはルピス陛下に飛び火しかねない……)

勿論、貴族院が掲《かか》げる公正中立的な立場などただのお題目でしかないのは事実だし、それはこの場に居る誰もが理解している事ではある。

だが、それは暗黙《あんもく》の了解《りようかい》でしかない。

あくまでも当事者間の言葉にしない合意でしかない為、合意を拒否《きよひ》する人間が出れば簡単に崩れ去《さ》ってしまう程度の物でしかないのだ。

（どうする……このまま黙殺《もくさつ》するか？）

この場に居るのは貴族と貴族院を警護する騎士《きし》だけ。

だから、仮にこのまま亮真の言葉を黙殺しても、審問を進めること自体は可能だろう。どうせ結論も既《すで》に出ているのだから。

だが、それを選んだ場合、ハルシオン侯爵とアイゼンバッハ伯爵は将来的に大きなリスクを負う事になる。

それは、貴族院の院長が恣意的《しいてき》に事実を捻《ね》じ曲《ま》げ、【救国の英雄】に罪を被《かぶ》せたという噂《うわさ》が流れるリスクだ。

（テレーゼ子爵《ししやく》を始め、我々の中にも長の座を狙う人間は多いからな……）

貴族院は貴族派を形成する有力な派閥の一つであり、それ故に貴族院院長の座を狙う人間は多い。

彼等は常に、ハルシオン侯爵やその取り巻き達の失敗を虎視《こし》眈々《たんたん》と狙っている。

いやそれどころか、味方である筈の貴族院側の人間も完全に信用するのは難しい。

彼等にしてみれば、確かにハルシオン侯爵やアイゼンバッハ伯爵は派閥の長であり、大事な後《うし》ろ盾《だて》ではあるが、同時に自分の立身出世を阻《はば》む邪魔者《じやまもの》でもあると言うのが正直なところだろう。

実際、今必死で御子柴亮真と舌戦を繰り広げているアイゼンバッハ伯爵とて、含むところがない訳ではないのだ。

彼自身もまた、貴族院長の椅子が欲《ほ》しいのだから。

（いや、今考えなければならない問題は、この場をどう切り抜《ぬ》けるかだ……）

様々な言い訳が頭の中に浮かんでは消えていく。

勿論、アイゼンバッハ伯爵とて今更完璧《いまさらかんぺき》な言《い》い逃《のが》れで亮真の追求から逃れられるとは考えていない。

多少聞き苦しい言い訳になるのは、この際致《いた》し方《かた》ないだろう。

だが、その苦しい言い訳すらも出てこない。

ハルシオン侯爵に助け舟を出したつもりが、自らの首を絞《し》める事になってしまったようだ。

だが、神はそんなアイゼンバッハ伯爵を見捨てなかったらしい。

成り行きを見守っていた貴族の一人が椅子から立ち上がると、徐《おもむろ》に口を開いた。

「話を聞かせて貰《もら》ったが、それはあまりにも邪推《じゃすい》が過ぎるという物だろう。何か確固たる証拠《しょうこ》でもあっての事なのかね？」

重く威厳に満ちた声が部屋に響く。

人を支配する事を当然としてきた男の自信に満《み》ち溢《あふ》れた声。

それと共に、怜悧《れいり》にして冷徹《れいてつ》な目が、刃《やいば》の様な鋭《するど》さを持って亮真へと向けられていた。

並みの胆力《たんりょく》しか持ち合わせていない普通の人間であれば、委縮してしまい、自分の意見など口にする事など出来ないに違いない。

実際、この男が口を開いたのも、亮真を威圧《いあつ》して追及《ついきゅう》を打ち切る為だ。

確かに悪い手ではないだろう。

しかし、それはあくまでも相手が並みの胆力しか持っていない場合での話でしかない。

「貴方《あなた》は？」

だが、そんな男の予想とは対照的に、亮真は平然とした様子を崩す事無く顔を向けた。

「これは失礼した。私はデイビット・ハミルトン。ハミルトン伯爵家の当主であり、この貴族院ではアイゼンバッハ伯爵と共に、ハルシオン侯爵の補佐を務めている者だ」

自分と家名に対して余程《よほど》誇《ほこ》りと自信があるのだろう。

そう言うと、男は胸を幾分《いくぶん》誇《ほこ》らしげに反らして見せた。

（成程ね……ハミルトン伯爵。あの廷吏《ていり》の当主が登場か……何《いず》れ話の矛先《ほこさき》を向ける予定だったが、好都合だな）

そんな男に対して、亮真は顔を軽く伏せながら秘《ひそ》かに笑みを浮かべる。

「そうですか……貴方が……」

「私の事を聞き知っているようだな」

「ええ、廷吏などの実働部隊を取り仕切る長であり、貴族院における重鎮のお一人であるとお聞きしています」

その返答に、ハミルトン伯爵は満足げな笑みを浮かべると、言葉を続ける。

自らの自尊心をくすぐられたのだろう。

「そうか、ならば話が早い。確かに、色々と不備があったのかもしれないが、私がハルシオン侯爵のお人柄《ひとがら》と、公正さを担保しよう」

そう告げると、ハミルトン伯爵はこれで話は終わりだとばかりに、手を振って見せた。

そこには論理も合理性もない。

それこそ、犯罪者の裁判において、弁護士が何の物的証拠も提示せずに、自分が保証するから彼は無罪ですと主張するようなものだ。

それは、交渉《こうしょう》でも説得でもない。

普通であれば、冷笑《れいしょう》されて、ただの戯言《たわごと》として聞き流されて終わりだろう。

しかし、ハミルトン伯爵にしてみれば、貴族院のナンバースリーである自分が院長であるハルシオン侯爵の公正さを言葉としてハッキリと担保した以上、それで話は終わりなのだろう。

そんなハミルトン伯爵の態度に亮真は一瞬だが、唖然《あぜん》としてしまった。

それは、計算高く用心深い御子柴亮真にとってはかなり珍しい姿だと言えるだろう。

勿論、ハミルトン伯爵の態度と言葉は、想定の範囲内《はんいない》ではあった。

だが、同時にその想定は、最も可能性が低いであろうと考えていたものの一つでもある。

現実は時に小説よりも奇《き》なりという言葉があるが、どうやら本当の事らしい。

(家名を盾《たて》にすれば、俺が矛《ほこ》を収めると本気で信じていやがる……凄《すご》い自信だな……いや、正

確に言えば過信……か。だが、どちらにせよここまで自分を信じられるというのは……大したものだ）

自信と言う物は、自分に能力や力があると信じる事や、自らが望む未来が得られると信じる事を言う。

そしてそこに、自分以外の第三者が介入する余地はない。

究極的には、自分を信じるか信じないかと言うだけの事だ。

こう考えると、自信を持つというのはとても簡単な事の様に思えるだろう。

全ては自分自身の意思次第《しだい》なのだから。

しかし、現実的には言葉にするほど簡単な話ではない。

例えば受験を例に考えてみると、如何に自信を持つという事が難しいかよくわかるだろう。

本気で難関校に挑《いど》む受験生の多くは、志望校に受かる為に毎日毎日分厚い参考書を片手に勉強に継《つ》ぐ勉強を積み重ねる。

彼等の誰もが自分の最善と思えるだけの時間を勉強に費やす訳だ。

勿論、その最善を尽《つ》くしたという判断が正しいかどうかは受験が終わるまでは分からない話ではある。

だが、少なくとも彼等自身は自らが考えうる最善を尽くした筈だ。

しかし、最善を尽くしている彼等の多くは、受験にご利益があるとされる神社仏閣に参拝し、お守りなどを購入《こうにゅう》する。

まぁ、受験を控《ひか》えている人間の極《きわ》めて普通の行動だろう。

だが、本当に自分に自信があれば神頼《かみだの》みをする必要はないのもまた事実ではある。

少なくとも、最善と自らが思う努力はしてきたのだから。

だが、それでも何かに縋《すが》りたいと思うのが人間なのだ。

それは、自分を信じるという事が言葉ほど容易ではない事の証だろう。

そう考えると、ハミルトン伯爵の態度がどれほどのものなのかが分かる。

何しろ、敵意や反感を持っている人間に対して、自分が保証すると口にするだけで、亮真の反感や敵意が抑えられると本気で信じているのだから。

（日本でなら、まず考えられない光景だな……）

現代日本で暮らす人間の大半はハミルトン伯爵の事を自信過剰な男と判断するだろう。

それこそヤバイ人間だと距離《きょり》を置くレベルかもしれない。

しかし、それはあくまでも現代日本での価値観でしかないのだ。

実際、亮真が周囲を確認《かくにん》したところ、大半の貴族がハミルトン伯爵の言葉に納得している様に見える。

少なくとも、表立ってその合理性に疑義を投げかける人間はいないようだ。

伯爵位という貴族の爵位の中では中級以上の高位貴族である上に、貴族院の実働部隊を統括するという役職についているため、普通の貴族以上の軍事力を保有するハミルトン伯爵の意向に逆らえる人間は、この場では同格であるアイゼンバッハ伯爵と、上司であるハルシオン侯爵の二人位だろうか。

(まぁ、日本でも全くあり得ない訳じゃないだろうが、此処迄《ここまで》露骨《ろこつ》なのは珍しいだろうな……貴族社会……って奴なのかねぇ……)

確かに、上位者や強者に阿《おもね》って言うべき事を言わなかったり、相手の顔色を窺って自分の意見を曲げたりすると言うのはよくある事だ。

俗にいうところの忖度《そんたく》という奴だろうか。

勿論、それが悪かと言われれば、そうとも言い切れないところが難しいところでもある。

皆《みな》が皆、自分の意見に固執《こしつ》したりすれば、物事が円滑《えんかつ》に進まなくなるのは目に見えているのだから。

だが、亮真が敵である彼等の顔色を窺って矛を収める必要はない。

「証拠があるのかという仰《おお》せですが、廷吏は貴族院の職員。その廷吏が私をあの薄暗《うすぐら》い部屋に一日近く軟禁したのは紛《まぎ》れもない事実です。そうなると、貴族院のどなたかの指示があっての事と考えるのが妥当《だとう》ではないでしょうか？　そして、先ほどのアイゼンバッハ伯爵は今回の審問は全て、貴族院の院長であるハルシオン侯爵が管理されていると明言された。そのお言葉から推察すれば、自《おの》ずと結論は出るのでは？」

見方によっては豪胆《ごうたん》というか、実にふてぶてしい態度と言えるだろう。

だが、亮真に対して反感を持つ貴族にとって、この落《お》ち着き払った自然な感じがどうにも癪《しゃく》に障《さわ》る。

例えるならば、社長の決定に対して真正面から反論する平社員と言ったところか。

立場を弁《わきま》えない若造と貴族達から反感を買うのも当然ではある。

だが、反感を買うのは亮真も織り込み済みだ。

「だから、それは貴殿《きでん》の邪推だといっているだろう……」

ハミルトン伯爵が口を開く。

だが、その声には先ほどまで満ちていた威厳に陰《かげ》りが生じている。

真正面から亮真に抗弁《こうべん》されると考えていなかった証だ。

「そう言えば、私を案内した廷吏の名前も確かハミルトンと言ったはず……伯爵閣下の御縁者《ごえんじゃ》と思われますが……もしや？」

そう言うと亮真は追及の矛先をハルシオン侯爵からハミルトン伯爵へと変えた。

言葉を濁《にご》しはしているが、その言葉に含まれた意味をこの場で理解出来ない人間はいない。

重苦しい沈黙が部屋を支配する。

ハミルトン伯爵にしてみれば、急に自分の身内を持ち出され、助け舟を出そうとして、逆に自分が窮地《きゅうち》に陥《おちい》ったのだ。

どう言い繕《つくろ》うか必死で考えているのだろう。

しかし、そんな敵の窮地を黙って見過ごす程、亮真は甘《あま》くない。

「やはり、この審問には公正さに重大な疑義がある様ですね……」

そう言うと、亮真はやれやれとばかりに肩《かた》を竦《すく》めて見せると、顔を横に振って見せた。

人を小ばかにした様な態度だ。

だが、この場に居る誰《だれ》もが、その無礼を咎めようとはしなかった。

いや、出来なかったというのが正しいだろう。

少なくとも、亮真の口にした疑問はそれなりに筋が通っている。

勿論《もちろん》、この場に居る誰もが、この審問において公平さや公正さなど存在するはずがない事は理解している。

それは、審問を受ける側である亮真も、行う側である貴族院側も共通の認識だと言えるだろう。

だが、だからと言ってこの審問に公平さや公正さなどないのだと、気に入らない若造を糾弾《きゅうだん》出来れば理由などどうでもいいのだとあからさまにする訳にはいかない事もまた事実だ。

やがて、沈黙を守り続けていたハルシオン侯爵の口から小さなため息が漏れた。

そして、亮真に顔を向けると、徐に口を開く。

「もう良いだろう……意図せずとは言え、我々の対応に問題があったのは確かなようだ。御子柴男爵が疑念を抱くのも当然の事と言える」

その言葉に、周囲からどよめきが起きた。

貴族院の院長が意図的ではなかったとはいえ、自分達の対応に非があったと認めたのだ。

爵位の差を考えれば、まずありえない光景だろう。

そして、そんな周囲の反応を他所に、ハルシオン侯爵は言葉を続ける。

「それで……どうすればその疑念を解く事が出来るのかな？」

それは、貴族院の長が御子柴亮真という男に白旗を上げた瞬間《しゅんかん》だった。

そして、それこそが亮真の待ち望んだ問いだ。

「そうですねぇ……それでは……」

軽く考える素振《そぶ》りを見せると、亮真はハルシオン侯爵に向かって自らの要求を口にした。


重苦しい空気の中、ダグラス・ハミルトンは陰鬱《いんうつ》な表情を浮《う》かべながらゆっくりと足を前に進める。

力なく俯《うつむ》き背を丸めた姿勢。

それはまるで死刑台《しけいだい》へと向かって歩む罪人にも似ている。

先日まで見せていた傲慢さなど欠片《かけら》もなかった。

石造りの廊下《ろうか》には靴音《くつおと》だけがやけに大きく響いていた。

(普段《ふだん》と同じ筈だ……だが、確かに何かが違う……)

左右には灯《あか》りが灯《とも》されている。

等間隔《とうかんかく》で武装した警備兵が立っているのも同じだ。

それは、ハミルトン伯爵家に連なる者として貴族院に仕える事になり、廷吏の一人として十数年もの間、毎日の様に見てきた景色だった。

しかし、決定的なまでに異なる点もある。

（これが、今まで私が移送してきた囚人《しゅうじん》が見ていた景色なのか……）

陰鬱で重苦しい何かがダグラスの心を締《し》め付《つ》ける。

今までは囚人を移送する側の立場でこの廊下を歩いてきたが、今は移送される立場なのだから。

立場が変わるだけで、同じ光景でありながらもこれほど受ける印象が異なるものなのかと、ダグラスは心底驚《おどろ》いていた。

貴族院の実働部隊を統括するハミルトン伯爵家の縁戚《えんせき》として、ダグラスは周囲から一目置かれた存在だった筈だ。

少なくとも、つい一時間ほど前までは。

それが、一変したのには当然ながらそれなりの訳がある。

（何故《なぜ》だ……何故、こんな事に……私は当主様に従っただけ……周囲だってそれは分かっている筈だ。なのに何故……）

目の前を歩く同僚《どうりょう》だった廷吏に従って、ダグラスは足を前へと進める。

今さら何を言ったところで状況《じょうきょう》が変わらない事は分かっていた。

言ってどうにかなるのであれば、こんな状況にはそもそも陥ってはいないだろう。

何しろダグラスは、この貴族院で院長のハルシオン侯爵に次ぐ権力の持ち主である、ハミルトン伯爵家の縁戚なのだから。

勿論、ダグラスはハミルトン伯爵家の縁戚ではあるが、本家の人間ではない。

継承権《けいしょうけん》は持っているが、爵位を継ぐ可能性はゼロと言っていいだろう。

だが、血縁関係があるというだけで、ダグラス・ハミルトンはこの貴族院に仕える多くの人間から様々な配慮《はいりょ》を受けてきた。

勿論、その配慮には限度がある。

何をしてもいい訳ではない。

ただ、同じ廷吏の同僚達《どうりょうたち》とは違い、ダグラスが割り当てられるのは、比較的《ひかくてき》難易度の低い、おとなしい被疑者《ひぎしゃ》や囚人で、不測の事態が起きる事はまずなかったし、警護兵や騎士の同伴人《どうはん》数も多かったのは確かだ。

また、被告人《ひこくにん》へ賄賂《わいろ》を強請《ゆす》っても周囲からは黙認されて居た。

ダグラス自身は強欲《ごうよく》とは言え、仕事そのものは出来る方だし、賄賂の要求にしても、相手が弱い立場の人間だけを狙《ねら》ってやっていたという点も、周囲からは眉《まゆ》を顰《しか》められてはいたとしても、そこまで大きく問題視されなかった原因の一つではあるだろう。

まさに我《わ》が世の春と言っていい。

縁戚に権力者が居るというだけの事だが、それだけで大地世界ではまさに勝ち組と言える。

だが、そんなダグラスの春は、何時《いつ》の間《ま》にか過ぎ去ってしまい、夏と秋を一瞬《いっしゅん》で通《とお》り越《こ》した様だ。

やがて、一行は貴族院の一角に設《しつら》えられた部屋の前へと到着《とうちゃく》する。

「失礼いたします。貴族院院長の命により、例の男を連行してまいりました」

廷吏は軽く扉《とびら》をノックし、丁重な口調で入室を請《こ》う。

そんな廷吏の言葉に対して、答えは直《す》ぐに帰ってきた。

恐《おそ》らく中の人間は今や遅《おそ》しとばかりに待ち構えていたのだろう。

「ご苦労様です。どうぞお入りください」

鈴《すず》の鳴るような美声と共に、銀髪《ぎんぱつ》の髪《かみ》を腰《こし》のあたりまで伸《の》ばしたメイド服の少女が廷吏《ていり》達《たち》を招き入れる。

その少女の顔を見た瞬間、ダグラスは己《おのれ》の予想が最悪の形で的中した事を悟《さと》った。

(やはり、思った通りだ……だが……何故だ、何故こんなことが起こりえる?)

いや、この部屋に連行される道中も、朧《おぼろげ》気ながらにこの展開は予想していたのだ。

何しろ、他に心当たりと言えるようなものは何もないのだから。

先日、御子柴男爵《だんしやく》を迎《むか》えにザルツベルグ伯爵邸《はくしやくてい》へと赴《おもむ》いた事を除けば。

「それでは、わたくしはこれで……」

廷吏は銀髪のメイドへダグラスを引き渡すと、一礼して部屋を出ていく。

その態度には、この部屋に一秒でも長居したくないという気持ちが滲《にじ》み出ていた。

実際、彼にしてみれば同僚であるダグラスを獅子《しし》の檻《おり》に放《ほう》り込むのと同じ様なものなのだ。

この後繰《く》り広《ひろ》げられる惨劇《さんげき》を考えれば、罪悪感で押《お》し潰されそうになるのかもしれない。

それは如何に相手が、いけ好かないダグラスであったとしても……だ。

勿論、内心では小躍《こおど》りしている可能性もない事はない。

こればかりは、ダグラスの過去の行いと人間性次第なのだから。

部屋に迎えられたダグラスは、メイドに導かれるようにソファーに腰掛《こしか》ける男の前へと進み出た。

この部屋の主である、御子柴男爵の前へと。

その体が小刻みに震《ふる》えているのは恐怖《きょうふ》からだろうか。

「亮真様……例の男が……」

部屋の扉を開けた少女によく似た顔立ちの金髪《きんぱつ》のメイドが、何やら目を閉じたまま考え込んでいる亮真に軽く耳打ちをする。

その言葉に亮真は小さく頷くと、徐《おもむろ》にソファーから立ち上がり、ダグラスに向かって朗《ほが》らかな笑みを浮かべた。

「またお会いしましたね。廷吏のハミルトンさん……おっと、今は廷吏じゃないんでしたっけ。苗字《みょうじ》でお呼びするとハミルトン伯爵と混ざってしまいますね……もしよろしければ、ダグラスさんとお呼びしても？」

そう言うと、亮真はダグラスにソファーへ腰掛けるように促《うなが》した。

そこには、ダグラスへの敵意も、先日とは立場が逆転した事に対しての優越感《ゆうえつかん》もない。

ごく普通の挨拶《あいさつ》だ。

しかし、普通だからこそダグラスにとっては針の筵《むしろ》に座《すわ》らせられている様なもの。

いっそ、怒鳴るか脅《おど》すかでもしてくれればダグラスとしても腹の括《くく》りようもあるのだが、今の状況ではそれも難しい。

ダグラスは怯《おび》える様な表情を浮かべながら、ソファーへと腰を下ろす。

そんなダグラスへ、亮真は飲み物を勧《すす》めた。

「客人をもてなすなら、酒の方がいいのでしょうが、あいにくここには準備が無くて……」

その言葉と同時に、ダグラスの前へコップが置かれる。

中に入っているのは透明《とうめい》な液体。

亮真の言葉を信じるのであれば、ただの水なのだろう。

まぁ、こればかりは致し方ない。

御子柴男爵家でもないし、ザルツベルグ伯爵《はくしゃく》の別邸《べってい》でもないのだ。

ここは貴族院。

ローゼリア王国の貴族達《たち》を管理統括する砦《とりで》だ。

そこに審問《しんもん》を受けにきた御子柴亮真に客人をもてなす準備をしろという方が酷《こく》と言う物だろう。

ただ、問題はそこではなかった。

(氷? それもこれほど大量に……)

冷凍庫《れいとうこ》などの電気製品が無い大地世界において氷は貴重だ。

勿論、絶対に手に入れられない物ではないが、おいそれと手に入る物でもない。

手に入れる方法としては、冬の間に氷室へ貯蔵しておく方法や、万年雪に覆《おお》われた山奥《やまおく》まで行く方法が一般的《いっぱんてき》だろうか。

後は、文法術が使える術者に依頼《いらい》して、金銭と引き換《か》えに法術で作ってもらうくらいしかないだろう。

ただ、氷室への貯蔵や万年雪の採取といった方法は運搬《うんぱん》に時間と人手が掛《か》かる。

それにどちらも、人里離れた山の中まで行く為、怪物達《かいぶつたち》からの襲撃《しゅうげき》を想定しなければならない。

当然、怪物達を撃退《げきたい》出来るだけの戦力が必要になるし、氷が採取できる山奥と言うのは、大抵《たいてい》道が悪く、馬車などの運搬手段が使えない事が多い。

山の麓《ふもと》に荷馬車を留《とど》めておいて、山道は人力で運ぶと言うのが一般的だろう。

そんなこんなで、人件費がべらぼうに高くつくのだ。

当然、値段は跳《は》ね上がってしまう。

冒険者《ぼうけんしゃ》の中には、この氷の運搬を専門として請《う》け負《お》う人間も居るくらいだ。

それでも、夏には涼《りょう》を求めて多くの富裕層《ふゆうそう》が購入する。

ただ、それは富裕層の中では金はあっても権力のない階級だ。

本当の富裕層は文法術師《ぶんほうじゅつし》に依頼する。

まぁ、そう言った階級の人間にしてみれば、ギルドを介《かい》して依頼するというよりかは、護衛や教師として雇《やと》っている文法術師にちょっとお願いするという方が手っ取り早いし安全という訳だ。

まず、文法術で作った氷は基本的に不純物が無い。

それに量や大きさも術者の力量次第でかなり融通《ゆうずう》が利《き》く。

その上、大抵は術者本人が主の前で術を発動させる為、特権階級に多い毒殺の可能性を一つ減らせる事にもなるのも大きな利点と言える。

まぁ、それでも暗殺されるときはされるので完璧《かんぺき》な対策とは言えないのは確かだが、それでも可能性の目を少しでも摘《つ》みたいと考えるのが大半の権力者の偽《いつわ》らざる本音だ。

とは言え、今ダグラスにとって問題なのは、そんな高価な氷の入った水を自分の前に出した意味だろう。

(どういう事だ……何か裏があるのか?)

正直に言って、ダグラスは自分が御子柴亮真に好かれているとは思っていない。

いや、好かれていないどころか、憎《にく》まれていると考えている。

何しろ、袖《そで》の下を貰うだけ貰っておきながら、何の配慮もしないどころか、あの窓もない狭《せま》い部屋に一晩放置しているのだ。

勿論、ダグラスがそれを主導した訳ではない。

ダグラスはあくまでも、ハミルトン家当主から直々の命を受けて、それに従っただけなのだから。

だが、それが何の免罪符《めんざいふ》にもならない事をダグラスは理解しても居た。

(第一、俺《おれ》の家族を攫《さら》ったのはこの男じゃないのか?)

その疑問が、ダグラスの心に暗い影《かげ》を落とし続けていた。

勿論、御子柴亮真の関与《かんよ》を示す証拠は無い。

だが、状況を考えれば、ダグラスに対して恨《うら》みを抱き、その報復の為にやったという可能性は高い。

少なくとも、まったくの無関係とは到底《とうてい》思えなかった。

確かに、置手紙には自分達の指示に従えば家族には指一本触《ふ》れないと書かれてはいた。

だが、犯罪者の口約束を信じる程《ほど》、ダグラスもおめでたくはない。

そもそも、その指示とやらが未《いま》だに来ないのだ。

従うも糞《くそ》もないだろう。

「まぁ、どうぞ。とりあえず一息入れてください」

再び勧められ、ダグラスはおずおずと目の前のグラスを手にした。

そして、覚悟《かくご》を決めるように軽く口をつける。

だが、ダグラスの予想は裏切られる。

勿論、良い意味で。

「これは……果実水……ですか？」

さわやかな果実の香《かお》り。

柑橘系《かんきつけい》の微《かす》かな酸味と、林檎《りんご》の甘さが緊張《きんちょう》していたダグラスの心を解きほぐしていく。

何よりも、鼻にスッと抜ける香草《こうそう》の香りが心地《ここち》よい。

思わず、ホッとため息をつきたくなるような味だろうか。

そんなダグラスの様子を見ながら、亮真はゆっくりと口を開いた。

「さて本題に入る前に、まずは改めてご挨拶させていただきましょうか」

亮真はダグラスへ視線を向けて名乗る。

「私の名は御子柴亮真。このローゼリア王国より男爵《だんしゃく》の地位を賜《たまわ》り、ウォルテニア半島とこの国の北部一帯を勢力下においた者です……正式な感じでやるとこんなものですかね。まぁ、今《いま》更《さら》ではありますが」

そう言うと、亮真は小さく肩を竦めた。

その顔に浮かぶのは若干《じゃっかん》の照れ。

まぁ、亮真の感覚からするとかなり時代がかった言い回しだから、当然と言えば当然だ。

それに、今更なのは事実だろう。

数日前に、ダグラスは亮真が宿泊《しゅくはく》しているザルツベルグ伯爵の別邸にまで貴族院の使者として出向いている。

そんなダグラスが目の前の人間が誰なのか知らない訳はない。

もしそんなことをダグラスが言うのであれば、医者の受診《じゅしん》を勧《すす》めるレベルだろう。

だが、下級貴族であろうとも爵位持ちの貴族の挨拶だ。

今更だろうが、無視する事は出来ない。

「はあ……わ、私の名はダグラス・ハミルトンです。ハミルトン伯爵家の縁戚に連なる者……

です。先日は失礼いたしました。今後ともどうぞよしなに……御子柴男爵……様」

ダグラスは挨拶を返す。

とは言え所々言葉に詰《つ》まっているし、かなりぎこちない。

本来の礼法や作法と言う点から言えば、色々と問題があるのは確かだろう。

それに、現代社会であれば話は変わるかもしれないが、本来このローゼリア王国に限らず、挨拶と言うのは立場や身分の低い目下の人間から目上に行うのが一般的だ。

いや、身分制度がないと言われている現代社会においても、年齢《ねんれい》や社会的な立場などの違《ちが》いで上下関係は生まれていく。

社員とバイト、親と子供、生徒と教師。

これら以外にも無数の関係が複雑に折り重なっているのが人の社会と言っていいだろう。

勿論、現代社会でなら目上への挨拶が遅《おく》れてしまっても、命のやり取りになる可能性はまずない。

精々、常識がないと陰口《かげぐち》を叩《たた》かれ、評価が下がる程度ですむ。

だが、身分制度のある大地世界でも、特に厳格と言われているローゼリア王国では、命に係《かか》わる問題だ。

時と場合によっては、無礼者と殺されかねないのだから。

勿論、今回は亮真の方からさっさと挨拶をしてしまったので例外だろう。

また、ここは貴族院の中であり、ダグラスも爵位を持っている訳ではないが、平民階級でもない事を考えれば、そんな大事になる可能性はまずない。

だが、本来の作法で行けば、ダグラスの方から頭を下げるのが礼儀《れいぎ》と言えるのは確かだ。

当然、その事はダグラスとて身に染《し》みて理解している。

ハミルトン伯爵家の縁者《えんじゃ》である以上、幼い頃《ころ》からそういった作法や礼法に関しては徹底的《てっていてき》に仕込まれてはきているのだから。

本来であれば、淀《よど》む事なく流れる様な流暢《りゅうちょう》さで挨拶を交《か》わせた事だろう。

とは言え、ダグラスの立場にしてみれば、それも無理からぬところだ。

何しろ、数日前と今とでは明確に立場が違っている。

勿論、勝者は御子柴亮真であり、敗者はダグラスだ。

そうでなければ、ダグラスがこの部屋に連行されてくる筈《はず》がない。

しかし、亮真の方が、その事を態度に微塵《みじん》も出さないのだ。

そうなると、逆にダグラスとしてはどういう態度をとるべきか悩《なや》んでしまう訳だ。

ダグラスにしてみれば、生殺しの様な気分だろうか。

もっとも、そんなダグラスの当惑《とうわく》した様子を見ながら、亮真は笑《え》みを浮かべるだけだ。

勿論それは、ダグラスに対して好意的とか寛大《かんだい》だからという訳ではない。

ダグラスがどう感じていようが、興味が無いと言った方が正解だろう。

事実、亮真がダグラスを態々《わざわざ》呼び出したのは、一仕事して貰う以上の意味はないのだ。

(まぁ、このままじゃ話が進まない……か)

亮真はダグラス個人に興味はない。

今回、ダグラスを標的にしたのも、彼個人《かれ》に対して恨みを抱《いだ》いているとか、敵意を持っているという訳でもない。

亮真にしてみれば、自分の策を成功させる上で必要な道具と言うだけの事だ。

そして、必要な道具をどれにしようかと選ぶ際に、金を懐《ふところ》に入れたまま何の便宜《べんぎ》も図《はか》ろうとしないダグラスに一肌脱《ひとはだぬ》いで貰《もら》おうと考えただけの事でしかない。

また、家族を攫ったのも保険と言う意味では正しいだろう。

何しろ、ダグラスは一度、金を受け取っておきながら、その対価を払《はら》わなかったのだから。

金を支払《しはら》ったのに、相応のサービスや品物を受け取れなければ、大抵の人間は怒《いか》りを感じるだろうし、文句を言うのと同じだ。

まぁ、選択《せんたく》の余地がないという点だけ見れば、確かにダグラスは気の毒だろうが、既に対価を受け取っている以上、彼が陥った苦難は全《すべ》て身から出た錆《さび》としか言いようがない。

だが、何時までも本題に入れなければ、時間だけを浪費《ろうひ》してしまう。

道具を適切に使う為には、手入れも必要だという事だろう。

そしてそれは、亮真自身も十分に理解している。

「まぁまぁ、少し落ち着いてくださいよ。何も取って喰おうって訳じゃない。良かったら水でも飲んで……さぁ」

そう言うと、亮真は落ち着かない様子であたりを窺《うかが》うダグラスを宥《なだ》めた。

そんな亮真の言葉にダグラスの体が一瞬震《いっしゅんふる》える。

もっとも、多少は落ち着いたのだろう。

いや、正確に言えば破れかぶれで腹を括ったという方が正解かもしれない。

しかし、どちらにせよダグラスが目の前のグラスを掴《つか》むと、残っていた水を一息に飲み干したのは確かだ。

「失礼いたしました……それで、私は何故ここに？」

その問いに、亮真は満足げに頷《うなず》く。

「えぇ、実はダグラスさんに或《あ》る仕事をお願いしたく思いましてね」

「仕事……ですか？」

その言葉を口にした瞬間、ダグラスは猛烈《もうれつ》な悪寒《おかん》に襲《おそ》われた。

俗《ぞく》に言うところの嫌《いや》な感じという奴《やつ》だ。

もっとも、その嫌な感じと言うのは何の理論も理由もないダグラスが勝手に感じた感覚に過ぎない。

俗に言うところの当たるも八卦《はっけ》当たらぬも八卦と同じレベルの話だ。

ただし、今のダグラスには絶対的な確信があった。

「仕事と言ってもお願いしたい事自体は大した事ではありません。まぁ、少しばかり危険ではあるかもしれませんけど」

実に含《ふく》みのある言葉。

そして、その言外に含まれるニュアンスを読み取れない程、ダグラスも愚《おろ》かではない。

実際、こんなところにまで呼び出しておいて、頼む仕事が大したこと無いと言われても、信じる者はまずいないだろう。

「というと？」

そう問い返すダグラスの目に浮かぶのは不審《ふしん》と疑惑《ぎわく》だ。

それこそ、こんな怪《あや》しい話に乗る人間はまずいない。

普通《ふつう》なら、とっくの昔に椅子《いす》を蹴倒《けたお》して部屋を飛び出ていただろう。

それが、未だに席を立たないと言うのは、ダグラスが自分の置かれた立場をよく理解しているという事に他《ほか》ならない。

ダグラスが席を立たない理由は二つ。

一つは、同僚たちの手に因《よ》って、この部屋に連行されてきたという事実。

そしてもう一つは、突然《とつぜん》姿を消したダグラスの家族の消息に御子柴亮真が関与しているのではないかと言う疑いだ。

そして、亮真もダグラスがそう考える事を計算に入れて会話をしていた。

(さて、余り焦《じ》らしても良くない……そろそろ、本題に入るとするか)

ダグラスが自分の立場を十分に理解している様なので、亮真は徐《おもむろ》に本題を切り出す。

「とは言え、それほど大した事ではありません。ダグラスさんのお力で、地下通路へ続く扉を開けていただきたいだけです」

亮真の言葉に、ダグラスは思わず首を傾《かし》げる。

「地下通路ですか……それは、緊急時《きんきゆうじ》の際に使われるあの避難路《ひなんろ》の事を言っておられるのでしょうか？」

「ええ、それです」

その言葉を聞き、ダグラスは口を閉じて黙《だま》り込む。

そして、ただジッと目の前に座る若い貴族の顔を見つめ続けた。

地下通路へと続く扉は、普段は固く閉じている。

それは、まさに開かずの扉。

その扉の先に足を踏《ふ》み入れる人間は居ない。

いや、それも当然の事と言える。

何しろ、この扉の存在を知る人間は極《きわ》めて限られている。

扉の警備を命じられた衛兵を除けば、貴族院の中でも余程《よほど》の有力者だろう。

ダグラスもハミルトン伯爵《はくしゃく》から万一の場合の備えとして命じられた為《ため》、一通り内部の構造を把握《はあく》してはいるが、実際に中に足を踏み入れた事はないのだ。

何故《なぜ》ならこの地下通路は、貴族院の地下から城門の地下を通って直接王都の外へと出る事の出来る緊急時の避難経路なのだから。

（この男はあれの存在を知っているのか……この貴族院に属する人間でも、あの通路を知る者は限られているというのに……用意周到《よういしゆうとう》な男だとは聞いていたが……）

ダグラスは、自分の中の嫌な予感がどんどんと大きくなっていくのを感じていた。

そして、何故御子柴亮真が自分を呼び出したのか、ダグラスはその理由を朧気《おぼろげ》ながらに理解した。

地下通路へと続く扉は、人目を避《さ》ける様に扉自体が小さめに作られている。

また、地下通路の周辺は人目を避ける為に通常時は人の立ち入りが制限されていた。

それに、この扉を守る衛兵の数も限られている。

ただ、その代わりに彼等《かれら》は貴族院の中でも選《よ》りすぐりの手練《てだ》れだ。

強引な手段で突破をするのはかなり難しいし、仮に突破したところで貴族院直属の騎士団《きしだん》が直《す》ぐに異変を察知して駆《か》けつけてくるのが目に見えている。

となれば、正式な手順を踏むのが一番確実だろう。

(ただ、あの扉を開けるにはそれなりの手順が必要になる……確か貴族院の長《おさ》であるハルシオン侯爵《こうしゃく》の命令書が必要な筈《はず》だ……)

何しろ王都の外へと繋《つな》がる秘密の避難経路だ。

その扉を開けるとなれば厳格な手順を要求されるのは当然だろう。

とは言え、それが建前でしかない事もダグラスは知っていた。

それなりの権力者やその縁者が命じれば、融通が利くのが現実なのだ。

そして、貴族院における序列三位のハミルトン伯爵家の縁者となれば、その程度の無理を飲ませるのは難しい事ではない。

（開けられるかどうかで言えば、開けられなくはない。少なくとも今までであれば、俺が行ってハミルトン伯爵の命令だと兵士達に伝えればそれで済む……だが……）

問題なのは、今のダグラスの立場だ。

ハミルトン伯爵家の縁者として威勢《いせい》を放っていた時であれば、さほどの難事ではないが、同僚の廷吏に罪人の様な扱《あつか》いで連行されてきたダグラスにそこまでの影響力《えいきょうりょく》が残っているかは疑問だった。

（それに、扉を開けて如何《いかが》するつもりだ？　まさかとは思うが……）

考えられるのは、御子柴亮真がこの貴族院から逃亡《とうぼう》を画策しているという場合だ。

普通に考えれば、一番可能性は高いだろう。

しかし、それはあまり意味のある行為《こうい》だとは思えない。

（王都から無事に逃《に》げたとして、それでどうなる？　ウォルテニア半島に籠《こも》るのか？）

御子柴亮真は確かに先の戦《いくさ》でザルツベルグ伯爵家とそれに従う貴族を打《う》ち倒《たお》し、ローゼリア王国北部一帯を支配下に置いたのは事実だろう。

しかし、それはあくまでも一時的な占領《せんりょう》でしかない。

多かれ少なかれ戦渦《せんか》に喘《あえ》ぐ領民の多くは、戦を引き起こした新しい領主に対して決して好意的ではない筈だ。

もし仮に己の領地に立《た》て籠《こ》もったところで、ローゼリア王家の紋章《もんしょう》を掲《かか》げた征伐《せいばつ》軍が派遣《はけん》されれば、領民達《たち》の心は間違いなく御子柴亮真から離《はな》れてしまう。

その行きつく先は、降伏《こうふく》か自決の二択《たく》しかない。

（あるいは平民階級出身らしく、無様に全てを投げ捨てての逃避行《とうひこう》……か）

事ここに至っては、今更貴族院から脱出を図《はか》ったところで、先行きは見えているとダグラスは思うのだが、他に考え付く理由もない。

しかし、そんなダグラスの疑問を他所に、亮真は悠然《ゆうぜん》と微笑《ほほえ》みを浮かべるだけだ。

そして、徐に口を開く。

「どうですダグラスさん。お引き受けいただけますか？」

「お断りしても良い……と？」

ダグラスは自嘲的《じちょうてき》な笑いを浮かべる。

しかし、そんなダグラスに対して亮真は肩を竦めて見せる。

「別に強制はしません」

亮真は浮かべていた笑みを消した。

そして、その冷たい光を帯びた目を真っすぐにダグラスへと向ける。

「ですが、お引き受けいただければ報酬《ほうしゅう》は弾《はず》みますよ。それに、貴方《あなた》と違ってたとえ口約束でも一度《ひとたび》交わした約束を破るなんてマネはしません。その証拠《しょうこ》にこれを差し上げましょう」

そう言うと、亮真は背後に立つローラから木の箱を受け取ると、机の上に置いた。

そして、徐に箱の蓋《ふた》を開く。

その瞬間、ダグラスは全てを悟った。

自分達が何処《どこ》の馬の骨とも知れない平民あがりと馬鹿《ばか》にしてきた男が見せた牙《きば》の鋭《するど》さに、背筋を凍《こお》り付かせながら。

箱の中に入っていたのは、指輪と髪飾《かみかざ》り。

どちらも、ダグラスには見覚えがあった。

いや、見覚えがあるどころではない。

指輪はダグラスが結婚《けっこん》する時に妻へ愛の証《あかし》として贈《おく》った品だし、髪飾りの方は娘《むすめ》の誕生祝いに買ってやった品だ。

(妻が指輪を外す事はないし、娘も髪飾りを愛用している……まさか!)

最悪の光景が脳裏《のうり》に浮かび、ダグラスの顔が歪《ゆが》む。

だが、よくよく見れば指輪も髪飾りもダグラスの記憶《きおく》に有る綺麗《きれい》な姿だ。

少なくとも、どちらも血などは付いていない。

そこから察するに、無理やり奪《うば》い取《と》った訳ではないらしい。

とは言え、それはダグラスにとってなんの慰《なぐさ》めにもなりはしなかった。

何故ならそれ等《ら》の品が、御子柴男爵から受け取った箱の中に有るという事の意味が察せない程、ダグラスは愚か者《もの》ではないのだから。

どれほど黙り込んでいただろうか。

ダグラスはゆっくりと口を開いた。

「成程《なるほど》……これが貴方のやり方ですか……」

ダグラスの両手が小刻みに震《ふる》える。

自分の前に悠然と腰掛ける男に対しての怒りと憎悪《ぞうお》がダグラスの心に湧《わ》き上《あ》がってくるのだろう。

感情のままに握《にぎ》り締めた拳《こぶし》を叩きつけられたらどれほど気分が晴れるだろうか。

家族を人質《ひとじち》に取られた男の当然の感情と言えた。

だが、そんなダグラスに向けられる周囲の視線に同情の色はない。

いや、同情どころか、周囲から向けられるのは敵意と侮蔑《ぶべつ》だ。

亮真に仕える人間にとって、ダグラスは自らの主人を愚弄《ぐろう》した罪人でしかないのだから。

「何故このような事を……金を受け取っておきながら貴方に便宜《べんぎ》を図らなかった事は確かだ。だが……妻と娘に罪は……関係はない……そうだろう?」

顔を伏《ふ》せながら、ダグラスは体の奥底《おくそこ》から絞《しぼ》り出《だ》す様な声を上げる。

そんなダグラスの膝《ひざ》を掴む両手は、激情を抑《おさ》えようとしているかの様に小刻みに震えていた。

実に、憐みを誘《さそ》う姿だ。

だが、そんな三文芝居《しばい》の人情劇に絆《ほだ》される程、御子柴亮真という男は甘くない。

「この世界では、親の借金は子が返すのが常識の筈ですが……私の思い違いでしたかね……実際、貴方も今までその論理に従って生きてきたのでしょう?　強弱の立場が変わったとしても、論理を変えてはいけませんよ。たとえそれが自分にとって不都合な論理だったとしても……ねえ、ダグラス・ハミルトンさん」

亮真の問いに、ダグラスは言葉を詰まらせた。

「そ、それは……」

実際、親の罪が子に波及《はきゅう》するなど貴族社会ではよくある話だ。

ダグラス自身、貴族院に属する廷吏《ていり》の職務として、何人か処刑台《しょけいだい》へ連行する見届け役を請け負った事もある。

大半は老人や青年だ。

だが、それ以外に子供もいたのだ。

中にはおしめがとれたかどうかも怪しい幼児と言っていい子供が含まれていた。

勿論、楽しくはないし、出来ればやりたくない役目だったのは確かだ。

特に母親が子供の命乞《いのちご》いをする姿は何とも憐みを誘うし、見ていて心が痛む。

実際、そんな子供が含まれる処刑台の見届け役は、同僚達の間でも互《たが》いに役目を押し付け合うのが日常だった。

ダグラスとて人としての感情とは無縁《むえん》ではいられないのだから。

だが、親が犯《おか》した罪の清算を子に求めるという行為に、ダグラスが加担した事だけは否定出来ない事実だろう。

（この男は……）

目の前で悠然と笑みを浮かべる男が何を言いたいのか、ダグラスには嫌と言うほど理解出来た。

罪人の親類縁者《えんじや》に罪を償《つぐな》わせる。

この考え方は、親子関係よりも個人の権利を重視する現代社会においては、大分改善されてきた概念《がいねん》であり制度である。

本来、借金とは金を借りた人間が返済するべきものである事は間違いないのだから。

だが、古来より親の借金は子が、子の借金は親が払うのが常識だった。

時代劇などでよくみられる設定である、親の借金の形《かた》に女郎屋《じよろう》で働かされるという話も、決して空想や物語の中のお話ではないのだ。

そして、この考え方は何も借金だけではない。

例えば、恩や復讐《ふくしゆう》などにも同じ論理が適用される。

自分が受けた恩を、助けてくれた相手の子供に返すと言うのはそれほど珍《めずら》しい事ではないだろう。

特に、戦場を知る人間にはその傾向《けいこう》が強い。

逆に、復讐も同じことが言える。

敵が死んでしまい、その子供に復讐の牙を向けるなど物語ではよくある話だ。

まぁ、現実は物語と違い、生き死ににまで発展することは少ない。

だが、ふとした時に、復讐と言う甘い誘惑《ゆうわく》が人の心を揺《ゆ》さぶるのは確かだろう。

特に、相手と自分の立場に差があればあるだけ……

また、近代以前では一定の血縁《けつえん》関係者を対象とした縁座《えんざ》と言う考え方が有り、親の罪で子供が、子の罪で親が血縁関係を理由として死罪や流刑《るけい》になる時代もあった。

そしてそれは、現代社会でも一部だけだが受《う》け継《つ》がれているのだ。

たとえば公職選挙法では未だに連座制が存在している。

立候補者が直接的に関与していなくても、秘書や血縁関係者が、買収などの選挙犯罪を行った場合に当選を取り消されたり、一定年数の間、選挙の立候補が出来なかったりする制度だ。

勿論、現代社会では実に理不尽《りふじん》な考え方だろう。

だが、犯罪の抑止力《よくしりょく》と言う観点から言うと、一定の効果はある。

特に自分以上に家族や友人を大事にするような人間には。

そして、ダグラスは自分の妻や子供を大切に思う様な人間だった。

「まぁ、そんな訳ですのでご協力いただけますね？　なぁに、扉を開くタイミングはこちらから派遣した人間が指示しますから、何も迷う事はありませんよ……」

亮真の言葉に、ダグラスは力なく頷いた。

拒否《きょひ》の言葉など口に出来る筈もないのだから。

「さぁて、これで最後の仕込みも終わった訳だ……」

肩《かた》を落とし悄然《しょうぜん》とした足取りで部屋を出て行ったダグラスを見届けた亮真が小さく呟《つぶや》く。

その言葉に、背後に立っていたローラが素早《すばや》く反応する。

「はい、あの様子ならば裏切る事はないかと思いますが……」

続いてサーラが口を開いた。

「私もそうは思いますが……あの男は一度裏切っています。それに、不測の事態に備えるという意味でも監視《かんし》は怠《おこた》るべきではないかと」

ダグラス自身にその意図はなくても、彼の様子から不審に思う同僚はいるかもしれない。

そういう意味からすると、ダグラスをこのまま放置する事はリスクが大きいだろう。

「まぁ、そうだろうな……潜入《せんにゅう》している伊賀崎《いがさき》衆の中から人を付けるとしよう」

その言葉を聞き、壁際《かべぎわ》に立ち並んでいた貴族院の支給する鎧《よろい》を身に付けた騎士《きし》の一人が小さく頷くと、ダグラスの後を追って部屋を出て行った。

その姿に視線を向けながら、亮真は一人心の中で、今後の課題を考えていた。

(伊賀崎衆は手練《てだ》れの忍《しの》び……戦場でもこういった謀略《ぼうりゃく》戦でも重宝する……だが問題は、この大地世界に忍びの技《わざ》を伝える存在が他に居ないとは限らないという点だ……)

この大地世界には流派として忍びの技として体系化していなくとも、技術的に似たような物を身に付けている人間はいる。

密偵《みってい》や情報屋を始めとして、暗殺者の中にも忍びの技に似た潜入《せんにゅう》技術を保有する人間はいるだろうし、冒険者が身に付けている森を散策する為の技術などは応用が利くだろう。

実際、手練れの冒険者の中には、引退後の就職先として、そう言った国や貴族達に密偵として雇われる人間も数多くいるのだ。

雇う側にしても、譜代《ふだい》の騎士や従士に汚《よご》れ仕事も含まれる密偵の様な役目は任せにくいと言うのが本音だ。

下手に気位や使命感などを持たず、金次第《しだい》で動く冒険者上がりの密偵の方が世の中を知っている分、汚れ仕事に使いやすいのだ。

西方大陸に割拠《かつきょ》する国々の中には、孤児《こじ》を引き取って密偵に教育するという国もあるが、それもこれもいかに信頼《しんらい》出来る密偵を手元に置けるかと言う点に掛かっている訳だ。

何しろ、密偵の扱う情報の中には、国家を揺るがす様な物も含まれてくる。

腕《うで》も重要だが、それ以上に信頼出来るかが重視されてくる分野だ。

そう言う意味からすれば、ローゼリア王国の内乱時に厳翁《げんおう》や咲夜《さくや》と知り合い、伊賀崎衆を配下にする事となった亮真にしてみれば幸運としか言いようがないが、今後刃《やいば》を交えることになる敵にも伊賀崎衆の様な手練れの集団が配下になっていると考える方が自然だ。

そうなった時、一番問題なのは防諜《ぼうちょう》と言う概念だろう。

(情報セキュリティ……か)

言葉として用いられ始めたのはＩＴ産業が隆興《りゅうこう》してからなので、比較的新しい言葉と言える。

だが、その本質は遥《はる》か昔から行われてきた事の焼き回しに過ぎない。

それこそ戦争の影には必ず諜報《ちょうほう》と防諜の二つの概念が存在していたのだから。

(敵側がザルなのは悪い事じゃないんだけどな……)

潜入した伊賀崎衆の手腕《しゅわん》は確かに大したものだが、その一方で貴族院側の防諜体制には不備が目立つ。

まぁ、フルフェイス型の兜《かぶと》で頭部を覆えば、誰《だれ》が誰かなど正直に言って判別出来はしない。

いや、仮に顔が見えていたとしても、貴族院に所属する人間の数は千に近い。

下働きの小者まで含めればその数はさらに膨《ふく》れ上がるだろう。

その一人一人を識別するのはかなり困難だ。

そう言う意味からすれば、悪意ある第三者の潜入を完全に防ぐ事はかなり難しい。

勿論《もちろん》、策を仕掛《しか》ける側にとっては好都合だ。

だが、防ぐ側にしてみれば、それは悪夢の様なものだろう。

（一応、手は打っているんだが……）

ウォルテニア半島のみを領土としていた時期は簡単だった。

何しろ、伊賀崎衆や紅獅子《べにじし》を始めとした傭兵達《ようへいたち》を除けば、住民と言える存在は、各地から買い集められた奴隷《どれい》の子供達だけなのだから。

だが、ザルツベルグ伯爵家を潰《つぶ》し北部一帯にまで勢力を広げた以上、完全に密偵を排除《はいじょ》するのは難しいだろう。

勿論、その為の対策は色々と考えてはいる。

だが、伊賀崎衆がこの王城の中にある貴族院へ軽々と潜入して見せた事実は、亮真にとって嬉《うれ》しい反面、大きな問題提起にもなった。

「セイリオスに戻《もど》ったら、一度今後の事を厳翁達《たち》と話すか……」

そう小さく呟くと、亮真はソファーから腰を上げる。

そして、一つある事を思い出し、ローラ達へ尋《たず》ねた。

「そう言えば聞き忘れていたが、あの子の病に対してのディルフィーナの見立ては？」

その問いにローラは徐に口を開いた。


ダグラス・ハミルトンが部屋から立ち去って、数時間ほど経過しただろうか。

ソファーに腰をゆったりと下ろし、キルタンティア産の紅茶の香りを楽しんでいた亮真は、机の上の置時計に視線を向けた。

時を刻む針は後数分もすれば十三時を知らせるだろう。

午前中にハルシオン侯爵《こうしゃく》を始めとした貴族院の上層部と、舌戦《ぜっせん》を繰り広げた末に得た、審問の一時中断と言う名の休戦時間が終わる刻限だ。

（もう少しだな……この茶番劇もいよいよ終わりという訳だ……）

審問の再開時間を直前に控《ひか》え、亮真は軽く鼻を鳴らした。

再び繰り広げられる舌戦を前にして緊張している訳ではない。

ダグラスをこの部屋から帰してからの数時間もの間、ただジッとこの部屋に籠っていた事に対して、不満を感じている訳ではないし、必要な事だと理解もしている。

だが、待つ事も策の内だと理解はしていても、好意的な心境にはとてもなれないのも確かだ。

無駄《むだ》な時間とは言わないが、不毛な時間だとは感じてしまうのだろう。

何しろ、御子柴亮真という男は忙《いそが》しすぎる。

元々領主と言う仕事は決して楽な役目ではない。

何しろ、軍事も外交も内政も全てが領主の手腕と決断によって決定されるのだ。

勿論、重税を課し実務は配下に任せっきりで、自分は享楽《きょうらく》の限りを尽《つ》くす様な貴族も居ない訳ではないが、そう言った人間の末路はそう長くない。

反乱でも起きて家が亡《ほろ》ぶか、それを懸念《けねん》した一族や家臣に謀《はか》られて不幸な事故や病に見舞《みま》われる事になるだろう。

ザルツベルグ伯爵は長年放蕩《ほうとう》の限りを尽くしてきたが、これはあくまで伯爵自身が卓越《たくえつ》した武人としての名声と実績を持っていた上、ユリア夫人が辣腕《らつわん》を振《ふ》るっていたから出来ただけの事。

あくまでも例外でしかない。

そもそもとして、ごく普通の責任感や領地への愛着を持っていれば、とてもそんないい加減な執政《しっせい》は出来ないのが普通だ。

ましてや、亮真が今回の戦で得た領土は決して小さくない。

何しろ、ローゼリア王国の北部一帯を仕切る北部十家の大半を亡ぼしているのだ。

ウォルテニア半島全域の面積と比較《ひかく》すれば、数字的には四分の一以下の広さでしかないだろうが、北部一帯を得た事でザルーダ王国やミスト王国と言った隣国《りんごく》と国境を接する事になったし、その土地には領民が居る。

未開の魔境《まきょう》と呼ばれたウォルテニア半島とは異なり、今まではさほど意識しなくても済んでいた部分も、今後は以前の様にはいかないだろう。

そう言った諸々《もろもろ》の仕事を抱《かか》えている亮真の仕事量はかなり多い。
そんな中で生まれた時間的余裕《よゆう》。
ローラやサーラ達は、亮真の健康を考えてか、お茶でも楽しんで息抜《いきぬ》きしろと盛んに勧める
が、勧められる側の当人としては、早く動き出したくて仕方がないと言うのが本心だろう。
(まぁ、もう少し手を抜けばもっと時間も出来るだろうが……次の戦を考えると、やれるうち
に打てる手は打っておきたいし……な)
その時、十三時を告げる鐘《かね》の音が窓の外から聞こえて来る。
それは、亮真の待ちわびた戦の開始を告げる合図だ。
「さて……それでは行くとしようか……」
そう言うと亮真は悠然とソファーから腰《こし》を上げた。

第三章　決別の日

廷吏に先導されながら、亮真《りょうま》は午前中に舌戦を繰《く》り広《ひろ》げた広間へ再び足を踏《ふ》み入《い》れる。

目の前に座《すわ》る人物の顔ぶれは同じ。

壁際に立ち並ぶ完全武装の騎士も同じだった。

異なる点は、資料置き用の台の傍《そば》に午前中にはなかった椅子が準備されている事くらいだろう。

(恐《おそ》らくアレに座れという事だろうな……)

椅子の造りは粗末《そまつ》と言う程ではない。

木材を組み合わせた一般的な品だが、亮真の体格にも負けない頑丈《がんじょう》そうな造りだ。

ただ、貴族に相応《ふさわ》しいかと問われると微妙《びみょう》なところだろう。

(物自体は悪くなさそうだが……)

何しろ木目も剥き出しで装飾《そうしょく》らしい装飾も施《ほどこ》されてはいない。

逆にこの貴族院の何処にしまわれていたのか尋ねたくなるような品だ。

顕示欲《けんじよく》の強い貴族なら、こんな椅子には座れないと駄々《だだ》を捏《こ》ねる事もあり得るだろう。

(まぁ、俺は言わないがね)

クッションもない木製の椅子なので、座り心地《ごこち》は決して良くはないだろうが、それでも状況《じょうきょう》改善の第一歩なのは間違いない。

だが、だからと言ってこの場を仕切るハルシオン侯爵の許しもなく、この椅子に腰を下ろすのは流石《さすが》に無礼過ぎるだろう。

いや、この場合は罠《わな》と見るべきかもしれない。

(警戒《けいかい》し過ぎとは思うが、午前中とは状況が違うからな……)

たかが椅子に座るか座らないかというだけの事だ。

本来なら黙って椅子に座ったところで、大きな問題にはならない。

何しろ爵位《しゃくい》に差があるとはいえ、同じ貴族階級に属する人間なのだから。

精々が礼儀を知らない成り上がりと多少眉《まゆ》を顰《しか》められる程度で済む話だろう。

だが、今は違う。

今の状況で敵に口実を与《あた》えるという事は、文字通り亮真の命に直結しかねない。

亮真は午前中と同じ位置に立ち、目の前に座る審問官《しんもんかん》役の貴族達《たち》へと頭を下げる。

「休息の時間を頂く事が出来て助かりました。皆様《みなさま》に深く御礼《おんれい》申し上げます」

そんな亮真の様子に、ハルシオン侯爵の口から舌打ちが零《こぼ》れた。

恐らく、午前中と同じ事の焼き回しになるのではないかと危惧《きぐ》したのだろう。

もっとも、その音を耳にしたのは、ハルシオン侯爵その人と彼の左右に座る貴族院の上級幹部であるアイゼンバッハ伯爵《はくしゃく》とハミルトン伯爵くらいだろうか。

ハルシオン侯爵自身も、決して周囲に聞かせたい訳ではなかったので音が小さかったのだろう。

思わず苛立《いらだ》ちが表に出てしまったというところか。

とは言え、元々鋭い聴覚《ちょうかく》を持っている亮真の耳に届くには十分な音量だったのは確かだ。

(まぁ、格下に散々噛《か》みつかれて予定していなかった審問《しんもん》の一時中断を認めさせられたのだから、ハルシオン侯爵の苛立ちは当然だろうな……ましてや、午前中と同じ出だしとなれば、警戒して当然か)

別に深い意味はなかったのだが、相手がそこまで警戒しているのであれば、下手に動くのはあまり得策とは言えない。

それこそ、つまらぬ誤解から不測の事態にでもなれば目も当てられないのだから。

亮真は下げていた頭をゆっくりと上げる。

まず目に入ったのはハルシオン侯爵の苦虫を噛み潰した様な顔だ。

その横に腰掛《こしか》けるハミルトン伯爵の顔には亮真に対しての怒りと殺意が滲《にじ》み出《で》ている。

もっとも、それを表に見せたのは、亮真が頭を下げた後、頭を上げるまでのほんの一瞬《いっしゅん》の事だ。

彼等《かれら》も己《おのれ》の心を隠《かく》す術は心得ているのだから。

貴族院に対しての疑義を晴らし公平性を担保する証として、ダグラス・ハミルトンの身柄《みがら》と処遇《しょぐう》の判断を亮真に一任しろと要求した事が、よほど腹に据《す》えかねているらしい。

確かに貴族にとって、自分の縁者を引《ひ》き渡《わた》せと言われて素直《すなお》に従う者はまずいない。

何らかの犯罪に手を染めていたとしても、相手には当主である自分がケリをつけると言って手を出させないのが貴族の誇《ほこ》りだ。

そう言う意味からすれば、ハミルトン伯爵が亮真の要求に従い、縁者であるダグラスを渡したのは相当に異例の事と言えるだろう。

(どうせ、俺《おれ》がダグラスをこの貴族院の中で始末する訳が無いと計算しているから渡したんだろうに。まぁ、あのまま俺にごねられれば審問自体ぶち壊《こわ》しになりかねなかった訳だから、他に選択肢《せんたくし》もないだろうが)

亮真の予想では、今回の審問で貴族院は全てのケリを付けようと考えている筈だった。

元々その可能性を一番高いと想定の上で策を巡《めぐ》らせてきたが、午前中の一連の動きを見た今となっては、予想と言うよりは確信に近いだろう。

勿論、この場合のケリは和解や交渉《こうしょう》の妥結《だけつ》ではなく、文字通りの終わりを指す。

つまりは、御子柴《みこしば》亮真の合法的な処刑《しょけい》が彼等の最終的な目標だろう。

最初から彼等は、亮真を生かして帰す気はないという事だ。

そう考えれば、貴族の慣例を平然と破って亮真を軟禁《なんきん》状態に近い状態に置いたり、その非を詰問《きつもん》されたらすぐに下手に出てきたりしたのも、全て納得《なっとく》がいく。

貴族院の上層部が主導した嫌がらせではないという、ハルシオン侯爵の言葉も本当だろう。

ただ、彼らが主張するように無関係だったとも思えない。

（まぁ、最終的には処刑する事が決まっているのだから、その前に手下のガス抜《ぬ》きとして黙認《もくにん》したってところだろうな）

それは、最終的な帳尻《ちょうじり》を合わせる計算が、彼等の中で既《すで》に出来ているという証だ。

だが、そこまで計算が出来ていても人の心と言う物はままならない。

後数時間で臨《のぞ》む結果が得られるというのに、亮真に対しての怒りや憎悪が抑えきれないのだから。

それがたとえほんの一瞬の出来事だとしてもだ。

それに比べれば、アイゼンバッハ伯爵は十分に平静を保っている様に見えるのは、流石《さすが》と言えるだろう。

だが、亮真はそんなアイゼンバッハ伯爵の内に渦巻《うずま》く憎悪をひしひしと感じていた。

（組んだ手が小刻みに震えていやがる。こっちも腹の中では相当ため込んでいるみたいだな）

それでも、表情には穏《おだ》やかな笑みが浮《う》かんでいるのは、当人の資質か、あるいは午前の舌戦で二人よりは矛先《ほこさき》を向けられなかったが故の事だろうか。

ただ、どちらにせよ彼等主導の審問に公平性などある筈もなかった。

「さて……御子柴殿《どの》の懸念も払《ふっ》しょくされたようだし、それでは改めて此度《こたび》の一件についての審問を始めるとしよう」

そう言うと、ハルシオン侯爵は手にしていた木槌《ガベル》で木製のサウンディング・ブロックを叩いた。

日本の裁判所では用いられることのないこの木槌は、欧米《おうべい》の裁判所では必ず用いられる品だ。

まるで鹿威《ししおど》しが鳴った時の様な小気味良い音が広間を満たしていく。

その音に導かれるかのように、人々の意識が変わっていく。

勿論それは、これから始まる審問に向けてだ。

(成程な……確かに人の意識を引き付けるにはうってつけの道具だな)

地球から流れてきた物が定着したのか、あるいは大地世界《アース》で独自に同じ発想が生まれたのかは定かではないが、伊達《だて》や酔狂《すいきょう》で木槌を叩いているわけではない事だけは確かなようだ。

亮真がそんなことを考えていると、ハルシオン侯爵がゆっくりと口を開いた。

「それでは、審問を始めるとしよう」

そう言うとハルシオン侯爵は周囲に視線を走らせると一度言葉を切った。

そして、神妙《しんみょう》な面持《おもも》ちで亮真へ視線を向ける。

もっとも、その目の奥《おく》にあるのは、敵意と蔑《さげす》みに満ちた憎悪の火だ。

だが、それらは亮真がハルシオン侯爵と初めて顔を合わせた時から変わりはしない。

変わったのは、その憎悪の中に明確な殺意が含まれている事だろうか。

(足元を掬《すく》われ、自分の面子を傷つけられて頭にきているという事かねぇ)

貴族と言う生き物は見栄《みえ》や面子を重視する。

現代社会に生きてきた亮真にしてみれば、馬鹿げたとも虚《むな》しいとも言える意地でしかないが、大地世界における貴族にとって、見栄や面子は家名を保つ上で必要な要因の一つとなりえるのだ。

日本人にとって分かりやすい例を挙げるとすれば、神輿《みこし》が良いかもしれない。

神輿は普段《ふだん》は神社などに鎮座《ちんざ》している神が、一時的に外に御出《おで》になる際に宿るとされる神聖な物だ。

当然、神輿は神に相応しい神聖さで威厳《いげん》を保つ必要がある。

その辺で拾ってきた廃材《はいざい》やプラスチックで作られた簡素な神輿など神輿とは到底《とうてい》呼べないし、その神輿を進んで担《かつ》ぐ人間もいないだろう。

同じ神輿を担ぐのであれば、他に比べて少しでも豪華《ごうか》で荘厳《そうごん》な神輿を担ぎたいと考えるのが普通だ。

貴族が家名を保つと言うのもそれに似ている。

貴族とは自分を担ぎ上げてくれる家臣や領民がいてこその貴族だ。

それが恐怖《きょうふ》からにせよ、敬愛からにせよ、他者が居て初めて貴族は貴族として存在出来る。

見栄も張れない様な家長に家臣は付き従う事はないだろうし、それは領民であっても同じ事だろう。

実際、家臣や領民から見放されて家名を保つ事が出来なくなった家もあるのだから。

勿論、ローゼリア王国の中でも指折りの大貴族であり、貴族院の長を務めるハルシオン侯爵家の屋台骨がそう簡単にぐらつく事はない。

だが、自分達が成り上がり者と蔑んで来た相手に足元を掬われたという事実その物が、ハルシオン侯爵には看過出来ない痛手なのだ。

そして、その痛手をいやす手段は一つしかない。

(連中も本気になったというところか……)

今までも御子柴亮真はローゼリア王国の貴族達にとって敵ではあった。

だが、今は違《ちが》う。

今日、初めて御子柴亮真はハルシオン侯爵自身の敵になったのだ。

刃の様な鋭さを秘《ひ》めた殺意の籠った暗い眼差《まなざ》し。

そんな視線を向けられて、これから始まる審問に中立性や公平性を期待する馬鹿はいない。

それは亮真も最初から覚悟《かくご》していた事だ。

だが、続いて放たれたハルシオン侯爵の言葉に、亮真は思わず自分の耳を疑ってしまった。

「もっとも、今更《いまさら》御子柴男爵《だんしゃく》に話を聞く必要性はないと私自身は思っているのだが……ね」

その言葉に、周囲から次々と賛同の声が上がった。

それは、ハルシオン侯爵の自信によるもの。

少なくとも、ハルシオン侯爵は自分の支配下にある貴族院が行った調査に関して、一片《いっぺん》の疑義も持ってはいないのだろう。

勿論、それが妥当《だとう》な判断なのか、単なる馬鹿な貴族の過信に過ぎないのかと言う点に関しては、また別の話ではある。

しかし、最大の問題点はそこではない。

（おうおう、これはまた……）

亮真の口から小さなため息が零れる。

勿論、貴族院側の思惑《おもわく》は当初から透《す》けて見えていたし、この大地世界の司法制度に亮真は何の期待もしていなかった。

だが、ここまで明《あ》け透けな態度を見せられれば、嫌気《いやけ》がさして当然と言える。

それは最低限の名分すら投げ捨てたという事に他ならないのだから。

（この大地世界は弱肉強食の世界の上、身分制度も現代とは比較にならない程《ほど》に厳格だ。ましてや貴族院を構成する貴族達はローゼリア王国建国以来の名門と呼ばれる連中が多い。それに対して俺はどこの馬の骨とも分からない成り上がり者。最初から同じ土俵には立てる訳もない。まぁ、そう考えればハルシオン侯爵が口にした今の言葉もこの国の貴族にとってはごく当たり前の考え方でしかないんだろうが……とは言え、もし日本の裁判で今のハルシオン侯爵の言葉を裁判官が審議《しんぎ》前に口にしたら、被告《ひこく》や弁護士から逆に弾劾《だんがい》されるだろうな）

勿論、自分達が行う裁判の正義と公平さという幻想《げんそう》を担保する為にだ。

司法関係の職業を生業としない一般人《いっぱんじん》の多くは勘違《かんちが》いをしているが、法律と正義は完全にイコールな存在ではない。

正義とは人間一人一人の心のうちに存在する思想だ。

ある程度の共通点はあるが、環境《かんきょう》、思想、宗教、歴史などの要因に因ってばらつきが出る。

それに対して、法律とは特定の集団に属する個々人が持つ正義の平均値を出した物に過ぎない。

確かに万人《ばんにん》に受け入れやすい物ではあるだろう。

或《あ》るいは許容出来る範囲内《はんいない》に収まっていると言った方が正しいだろうか。

それも当然だ。

優秀《ゆうしゅう》な頭脳を持つ人間が、膨大《ぼうだい》な時間と労力を費やし、大多数の人間が受け入れやすい平均値と思われる値に調整して作っているのだから。

法とはまさに、社会という名の集団を維持《いじ》管理していく上で、何を許容し何を許容しないのかを測る物差しでしかないのだ。

とは言え、法と正義がイコールではないとしても、多くの部分で重なり合ってもいるし、同じ方向を向いているのも間違《まちが》いないだろう。

弁護士が身分の証として身に付けるバッジの意匠《いしょう》が天秤《てんびん》なのも、正義の女神《めがみ》テミスが持つ公平さを司《つかさど》るとされている天秤から持ってきているというくらいなのだから。

だが、完全に同じ物かと問われれば、首を横に振るしかないのも確かだ。

法と正義の間に生じる微妙なズレ。

このズレをどれだけ小さく出来るかが、司法に対しての信頼性《しんらいせい》という事になるだろう。

勿論、裁判官も人間である以上、先入観や個人の正義を完全に排除する事は難しい。

神話に語られる神ですらも、時には感情的になるし、過《あやま》ちを犯す事もあるのだから。

ましてや神ならぬ人の身である以上、完全な公平性や中立など保つのは不可能だ。

もし仮に、幼児殺害などの残虐《ざんぎゃく》な犯罪行為に対する裁判だとすれば、人の感情がそれを許しはしないだろうから。

だが、それを面と向かって相手に告げるとなると話の意味が大分変わってきてしまう。人を裁くという見方によっては傲慢《ごうまん》とも言える行為を主導する以上、たとえそれが建前であったとしても公平性を保つ為の努力は必要だし、第三者からみて明らかに偏《かたよ》っているとみなされる様な言動や態度は厳に慎《つつし》むべきなのは当然と言えるだろう。

本音がどうであれ、自分の本心や考えを正直に言葉にする事が全《すべ》て良い事ではないのだ。

そう言う観点からすると、ハルシオン侯爵の言動は到底許されるものではない。

だが、それはあくまでも現代社会を知る人間の感想でしかなかった。

（まぁ、役職的には似通っていても、貴族院の長は裁判官ではないし、この大地世界の人間に職業倫理《りんり》だのなんだのを求めたところで意味はないだろうけどな）

公平さや正義と言う概念は有っても、それは現代社会と同じものではない。

いや、現代社会における正義ですらも、国や時代に因《よ》って幾《いく》らでも変化している。

世界そのものが異なるのだから、同じ感性を持てという方が無理な話だ。

（まぁ、だからと言って彼等の正義に黙って従う気もないが……ね）

亮真は別にこの大地世界を悪だと断じるつもりもなければ、ハルシオン侯爵が口にする正義を否定するつもりもない。

だが同時に、亮真には互いに言葉を交《か》わし合い異質なもの同士の溝《みぞ》を少しでも埋《う》めようと努力する気もなかった。

確かに、会話は他者を理解する為の大事な道具ではある。

反目し合う者同士が会話によって妥協点《だきょうてん》を見出《みいだ》し、争いを止める事がある事も理解はしていた。

そして、それが甘《あま》い理想でしかない事も……

だが、自らの優位を信じて疑わないハルシオン侯爵に、亮真の心の内を知る術などない。

ハルシオン侯爵はその身分に対して到底相応《とうていふさわ》しいとは言えない、ひどく下卑《げび》た笑《え》みを浮かべながら再び口を開いた。

「御子柴男爵《だんしやく》は我々貴族院に対して色々と誤解があるようだが、我々もこの王国の建国以来、法の守護者としてこの国を守ってきたという自負がある。その我々が今回の審問を開くにあたり数ヶ月《すうかげつ》にも及《およ》ぶ調査をした以上、今更《いまさら》当事者の客観性に欠ける意見を聞く意味は低いだろう。何しろ君が国法を犯しザルツベルグ伯爵家とそれに追従する北部十家を亡ぼした事実は否定しようがない事なのだから」

それは、この場に居る誰もが心の中で思っている事であると同時に、審問を行う貴族院の長が口にするのは実に不適切と言う他にない発言だろう。

裁判を行うかどうかを決めるのが審問である以上、当事者に話を聞くと言うのは当然の事だ。

ハルシオン侯爵の言うように、当事者の意見は中立性に欠けるのは確かだろうが、それは聞かなくて良いという事には決してならないのだから。

少なくとも、国としての体裁《ていさい》を考えた場合、その判断は悪手だろう。

その時、ハルシオン侯爵の横から声が掛《か》かった。

「侯爵閣下、確かにそのお言葉は正しいとはお思います。ですが、形式上それは些《いささ》か……」

アイゼンバッハ伯爵の言葉にハルシオン侯爵は微《かす》かに首を傾《かし》げる。

今更結論の出ている審問に時間を取る意味があるのか考えたのだろう。

だが、アイゼンバッハ伯爵の言葉に理を感じたのか、徐《おもむろ》に口を開いた。

「いや、そうだな……これは私が先走りし過ぎた様だ」

そして、小さく咳払《せきばら》いをするとハルシオン侯爵は再び顔を亮真へ向けて尋ねる。

「御子柴男爵殿《だんしやくどの》、それでは改めて審問を始めるが……何か貴殿《きでん》から今回の件に関して弁明はあるかね？」

それは自らの勝利を確信した男の顔だ。

もっとも、ハルシオン侯爵がそう考えるのは当然だろう。

（まぁ、事実は事実だからな……）

亮真は別段北部十家を討《う》ち滅《ほろ》ぼした行為《こうい》そのものに関して、自分はやってないと主張するつもりは毛頭なかった。

だが、それは別に貴族院の想像する様な、自らの非を全面的に受け入れて刑《けい》に服するという事でもない。

だから、亮真はかねてより準備してきた言葉を口にする。

「弁明と言われましても……私は確かに今回起きたザルツベルグ伯爵家《はくしゃくけ》と、かの家を盟主と仰《あお》ぐ北部十家と戦《いくさ》をし、打ち滅ぼしました。ですが、何故《なぜ》その事に因って貴族院より呼び出しを受けた挙句、審問を受ける事になったのかさっぱり理解が出来ません。私はあくまで大恩あるルピス・ローゼリアヌス陛下の為《ため》に、ローゼリア王国の貴族としての責務を果たしただけなのですから」

亮真の口から放たれたその言葉は、やけに部屋の中に大きく響《ひび》いた。

静寂《せいじゃく》が部屋全体を支配する。

この部屋に居る誰もが、亮真の言葉を理解するのに時間が掛かったのだ。

そして次の瞬間《しゅんかん》、怒号《どごう》と罵声《ばせい》が部屋の中に響き渡る。

(馬鹿な……この男は何を言っているのだ？)

ハルシオン侯爵は思わず傍《かたわ》らに座るアイゼンバッハ伯爵へ視線を向けた。

だが、当のアイゼンバッハ伯爵もハルシオン侯爵と同じく動揺《どうよう》を隠せないでいた。

それほどまでに、亮真の口から放たれた言葉は衝撃的《しょうげきてき》だったのだ。

だが、それを口にした当の本人は落《お》ち着《つ》き払《はら》っている。

(この男は今確かに戦を起こした事も、ザルツベルグ伯爵家を始めとした北部十家を亡ぼした事も認めた。それでいて、なぜこれほどまでに落ち着いていられる？)

ハルシオン侯爵の疑問は当然だろう。

亮真の今の言葉は、裁判で被告が犯罪行為を行った事を認めたにもかかわらず、何故罪に問われるのか理解出来ないと言ったのに等しい。

（まさかとは思うが、自分が口にした言葉の意味も分からない馬鹿《ばか》か？　いや……この男に限ってそれはない……）

普通《ふつう》であれば、まず考えられない弁明の言葉だろう。

だから、ハルシオン侯爵は自らの心に問いかける。

（だが、それでは一体何が狙《ねら》いだ？）

ハルシオン侯爵は目の前に悠然《ゆうぜん》と佇《たたず》む男をジッと睨《にら》みつけた。

その心底を見透《みす》かそうとでもするかの様に。

「お恥《は》ずかしい事ですが、非才の私には男爵《だんしゃく》の御言葉に含《ふく》まれた真意が今一つ理解出来かねます……もう少しかみ砕《くだ》いてご説明を頂いてもよろしいか？」

ハルシオン侯爵と同じ疑問を抱《いだ》いたアイゼンバッハ伯爵は、穏やかな声で御子柴亮真に向けて問いかける。

恐らくは不要な刺激《しげき》を与えてこれ以上審問の進行が妨《さまた》げられる事態を避《さ》けたいと考えたのだろう。

どうやら、亮真の言葉を愚者《ぐしゃ》の妄言《もうげん》として真っ向から否定する気はないらしい。

少なくとも午前中の二《に》の舞《まい》を避けるだけの知恵《ちえ》はあるようだ。

（会話を継続《けいぞく》させた上で相手の上げ足を取る方が効率的だからな……連中の事だから、感情的になって否定するかと思ってたが……）

亮真はほんの少しだけ、自分の敵を見直した。

この審問と言う場は、亮真にとって基本的には戦と同じだ。

違いは一つだけ。

武力を使用せず、論理という言葉の刃のみで相手を倒《たお》す必要があるという点だけだ。

そして、戦術的な視野に立って考えた場合、真っ向から感情的に相手の言葉を否定する行為は愚策《ぐさく》としか言いようがない。

戦に例えれば、何の策もなく全軍突撃《とつげき》を命じる様なものだろう。

その先にあるのは、馬鹿げた消耗戦《しょうもうせん》だ。

貴族院側にしてみれば、結果が見えた戦で無駄な時間を浪費《ろうひ》するくらいなら、相手の言い分を聞いた上で、その論理の穴を突《つ》いた方が楽だし、なにより外聞も良くなる。

貴族階級にしてみれば気に入らない成り上がり者でも、先の内乱での功績やザルーダ王国の救援《きゅうえん》などの功績により、御子柴亮真はローゼリア王国の国民から【救国の英雄《えいゆう》】と目されているのだから。

だが、そんな相手の思惑も亮真から見れば付け計算の範疇《はんちゅう》でしかない。

亮真は予《かね》てから準備していた言葉を口にする。

「そう言われましても……困りましたね。果たして皆様にご理解していただけるかどうか……正直に言って自信が……」

そう言うと、亮真は困ったような表情を浮かべながら、自分の頬《ほお》を指で掻《か》いて見せた。

それはまるで、幼児の我儘《わがまま》に困惑《こんわく》の色を浮かべる父親の様な態度だ。

だが、その挑発的《ちょうはつてき》とも言える態度をアイゼンバッハ伯爵は無視して再び口を開く。

「成程《なるほど》、確かに【救国の英雄】と呼ばれるお方の意図を我々凡人《ぼんじん》が理解する事は難しいかもしれませんな。ですがお話を聞いてみなければ理解出来るも出来ないもないでしょう？　それとも御子柴殿は我々が言葉も理解出来ない愚者だと侮《あなど》っておられるのかな？」

その言葉に、亮真は苦笑いを浮かべた。

本心を言えばそうだと頷《うなず》きたいところだが、それを口にしてしまえば亮真がアイゼンバッハ伯爵を明確に侮辱《ぶじょく》したと非難される事になる。

それは、今まで亮真が口にしてきた婉曲《えんきょく》な挑発《ちょうはつ》とは一線を画する物だ。

当然、否定するしかない。

「勿論、そんなつもりはございません」

「それは良かった。我々は共に王家に仕え国を支える事が役目の貴族同士。つまらぬ言葉の行き違いから仲間内で反目しては国を守る事も出来ませんのでね」

そう言うとアイゼンバッハ伯爵は穏やかな口調から一転して亮真を睨みつけた。

亮真の見せた言葉尻《ことばじり》をとらえ、一息に押《お》し切《き》る算段なのだろう。

「御子柴殿は先ほど自分は陛下の大恩に報《むく》いる為に兵を挙げたと言われた。だが、ザルツベルグ伯爵とかの家を盟主と仰ぐ北部十家は北の国防を担《にな》ってきた名家。それらと矛《ほこ》を交えた上に、当主はおろか各家の主だった者の生死すらも分からぬ今、北部の国防は重大な危機に瀕《ひん》していると言うのが我々の総意だ。ローゼリア王国の国法が禁じる、貴族同士の私闘《しとう》にも反している。そしてこの状況を作り出したのは明らかに御子柴殿だろう。それは貴殿も先ほど認めた筈《はず》……

そうでしたな？」

「ええ、確かに」

「にも拘《かかわ》らず、御子柴殿はこの場にご自身がなぜ召喚《しょうかん》されたのかを理解出来ないと？」

アイゼンバッハ伯爵の言葉には下手な言《い》い逃《のが》れなど許さぬという気迫《きはく》に満ちていた。

しかし、亮真はそんなアイゼンバッハ伯爵の気迫を柳《やなぎ》に風とばかりに軽く肩を竦《すく》めて見せる。

「正直に言ってさっぱりです」

実に堂々とした態度だ。

あるいは傲慢とも太々《ふてぶて》しいとも言えるかもしれない。

ただ、どちらにせよ亮真が此処《ここ》まで真っ向から否定してくると思わなかったのだろう。

アイゼンバッハ伯爵は一瞬鼻白んだ。

しかし、だからと言って今更追及《いまさらついきゅう》を止めるという選択肢はない。

軽く咳《せき》ばらいをすると、アイゼンバッハ伯爵は亮真に向かって人を小馬鹿《こばか》にした様な笑みを浮かべて見せる。

「国民から【救国の英雄】と呼ばれる方にしては、随分《ずいぶん》と察しがお悪いのでは？　それとも英雄殿《えいゆうどの》はこの国の法に縛《しば》られないとでも言うおつもりですかな？」

だが、その一言こそが亮真の待っていた言葉だった。

「ええ、その通りです」

その声は広間にやけに大きく響き渡った。

まさか肯定《こうてい》されるとは思いもしなかったのだろう。

亮真の言葉に誰もが言葉を失う。

だが次の瞬間、再び広間を怒号と罵声が埋め尽くす。

「馬鹿な！　いったいどういうつもりだ！」

「【救国の英雄】などと平民から持ち上げられて増長したか！」

次々と上がる亮真への非難に、広間は騒然《そうぜん》とした。

だが、そんな周囲からの非難に対しても、亮真はなんの痛痒《つうよう》も感じていないらしい。

そして、周囲を威圧《いあつ》するかのように見回しながら堂々と己の権利を主張する。

「皆様は勘違いされているようですが、私は別に己の功績を誇って法を破ろうとしているのではありません。私には初めから従う義務が無いというだけの事です」

広間に響き渡る朗々とした声。

卓越した力量を誇る武人の気迫のこもった言葉に、周囲は否応《いやおう》なく口を噤《つぐ》む。

そんな中、アイゼンバッハ伯爵と亮真の舌戦を黙《だま》って見守っていたハルシオン侯爵が口を開いた。

亮真の言葉の意味を理解していない人間にしてみれば、当然の反応だろう。

「どういう意味だ？」

「言葉の通りですよ。私はウォルテニア半島を賜《たまわ》った際に、陛下から特別のご配慮《はいりょ》を頂いています。その事を貴族院の長であるハルシオン侯爵閣下が御存《ごぞん》じないという事はない筈ですが？　それともまさか国家の重鎮《じゅうちん》である皆様が本当に知らなかったという事なのでしょうか？」

さも何でもない事の様に告げる亮真の態度に、ハルシオン侯爵を始めとした貴族院の面々は言葉を失う。

「馬鹿な……」

いったい誰の口から零れた言葉だろうか。

だが、その言葉を放った人間は分からなくとも、それはこの場に居る誰もが感じた事を代弁していた。

もしそれが本当であれば、この審問を開催《かいさい》する根拠《こんきょ》そのものが消《き》え失《う》せてしまうのだから。

そんな周囲の反応を他所に、亮真は言葉を続ける。

「先の内乱で立てた少しばかりの功績により半島を下賜《かし》された際に、私は陛下へ幾つか願い事を致《いた》しました。魔獣《まじゅう》共が徘徊《はいかい》し海賊達《かいぞくたち》が沿岸部を支配していた魔境とも呼ばれるウォルテニア半島を開発せよという王命を果たす為の願いです。何しろ、私は卑賤《ひせん》の成り上がり者。頼《たよ》るべき親類縁者《えんじゃ》も居ない身の上ですし、財産も有りません。そんな私が半島を開発するには色々と陛下からご配慮いただくしかありませんでした」

その言葉を耳にした瞬間、ハルシオン侯爵の表情が変わった。

亮真が何を言おうとしているのかを察したのだ。

「立法、軍事、外交、経済の自由……」

ハルシオン侯爵の口から呟《つぶや》く様に零れた言葉に、周囲の貴族達からもどよめきが起きた。

「それに納税と軍役《ぐんえき》の免除《めんじょ》もです……ね」

ハルシオン侯爵の言葉を亮真はさらりと補足して見せる。

それはローゼリア王国の貴族達にとってあまりに有名な笑い話だ。

先の内乱が終結した後、ルピス女王が苦し紛《くるまぎ》れでひねり出した恩賞。

そして、その到底恩賞とは言えない僻地《へきち》を与えられた成り上がり者が口にした願い事は、前例や歴史を重視する貴族の常識から考えて破格の要求だったのは確かだろう。

それでも、ウォルテニア半島などと言う未開の僻地を領土として開発せよという王命を考えれば、如何《いか》に亮真を嫌《きら》う貴族達であっても、その要求を口実に矛を向ける事は出来なかった。

理由は言うまでもない。

下手に反対を表明して、ならばお前が代わりにウォルテニア半島を開発して見せろなどと矛先を向けられる事を恐れたのだ。

まぁ、流石に未開発であった当時のウォルテニア半島と既存《きそん》の貴族が治める領地とでは、釣《つ》り合《あ》い様がない以上、国王になったばかりのルピス女王の立場を考えると、到底そんな無茶《むちゃ》は命じられない。

下手をすれば、せっかく勢力を縮小した貴族派の息を吹《ふ》き返《かえ》してしまうような事にもなりかねなかったのだから。

しかし、絶対にあり得ないとまでは言えないだろう。

（それに、領地替《が》えまではあり得なくても、半島の開発資金の一部を提供する羽目になる可能性は十分に考えられた）

当時の情勢がハルシオン侯爵の脳裏に蘇《よみがえ》った。

普通の領地でさえ、開発には莫大《ばくだい》な資金が必要になる。

そんな事は、この場に居る貴族であればだれもが知っていた。

ましてや投資先はかの悪名高きウォルテニア半島。

今でこそ様々な要因によって金の卵を産む様になりはしたが、当時はまさに魔境としか言えない様な僻地だ。

御子柴亮真は開発資金としてルピス女王へ金貨にして百万枚の提供を願ったと言うが、その全額がルピス女王から支払《しはら》われたとしても、焼け石に水でしかないと言うのがハルシオン侯爵を始めとした周囲の意見だった。

そんなところに進んで金をつぎ込みたいと考える貴族はまずいない。

（下手をすれば我々が口を挟《はさ》む事を、最初から計算に入れた謀略《ぼうりゃく》である可能性もあったし……な）

今でこそハルシオン侯爵もルピス・ローゼリアヌスと御子柴亮真の敵対関係を理解しているが、当時の情勢でそこまで見通すのはまず不可能だった。

何しろ、御子柴亮真は劣勢《れっせい》だったルピス女王を助け、玉座に座らせた先の内乱における最大の功労者だ。

そんな英雄の存在をウォルテニア半島などと言う僻地へ封《ふう》じ込め、飼い殺しにしようとしているなどとは流石に予想がつかなかった。

当時、ハルシオン侯爵《こうしゃく》の目には何らかの策謀《さくぼう》の様にしか見えなかったのだ。

だからこそ、成り上がり者を蔑《さげす》みながらも貴族達は口を噤み傍観者《ぼうかんしゃ》に徹《てっ》したのだから。

そして、ザルーダ王国への援軍《えんぐん》の件で、ハルシオン侯爵の中で疑惑《ぎわく》が確信へと変わった。

(この男はザルーダ王国への援軍を断らなかった……それはつまり、国王であるルピス女王の命令には服従するという事ではないのか？)

ハルシオン侯爵にしてみれば、隣国への援軍などごめん被《こうむ》ると言うのが正直な気持ちだ。

何しろ、略奪《りゃくだつ》も出来なければ、戦功によって領土を下賜される可能性も殆《ほとん》ど無い。

援軍の感謝として、国王から宝剣の一本も貰《もら》えれば御《おん》の字《じ》と言うところだろう。

下手をすればありがたいお言葉だけの可能性だってある。

名誉《めいよ》ではあっても、実利は薄《うす》いのだ。

それでも王命となれば断る事は難しい。

だが、御子柴亮真はそんな貧乏《びんぼう》くじを断らなかった。

恩賞としてルピス女王から与えられていた特権を盾《たて》に断る事も出来たのに……だ。

それをハルシオン侯爵は成り上がり者ゆえの遠慮《えんりょ》と捉《とら》えていた。

特権として与えられはしたものの、実際に使えない張子の虎《とら》だと考えていたのだ。

（それが、何故今になって……例の特権を持ち出すのであれば、あの時持ち出しても良かった筈だ……）

それは西方大陸の情勢を考えた亮真があえて援軍に赴《おもむ》く事を決断したからなのだが、家名を守るという貴族の本能が強いハルシオン侯爵には思いもつかない事だろう。

そして、そんなハルシオン侯爵の心の内を亮真は見透《みす》かしていた。

亮真の顔に冷たい笑《え》みが浮かぶ。

（まぁ、侯爵の考えはおおむね正しい……俺も連中がそう考える様に動いて来たからな）

そしてそれが、今回貴族院やルピス女王の計算を狂《くる》わせた最大の要因。

御子柴亮真という男が、ローゼリア王国の法の支配下に居るという錯覚《さっかく》に気付く事が出来なかった最大の理由だ。

そして今、亮真はひた隠しにしてきた伝家の宝刀を鞘《さや》から抜《ぬ》き放ったのだ。

亮真の言葉に、誰《だれ》もが返す言葉を失っていた。

国王であるルピス女王が与えた特権を振《ふ》りかざされれば、それに否を言う事は出来ない。

そんな周囲の反応を確かめながら、亮真は更《さら》に追い打ちをかける。

「とは言え、私は先ほども申し上げたように、一介《いっかい》の平民でありながら陛下に貴族として引き立てて頂いた大恩ある身。この国の危機に黙って座している訳にはまいりません」

「危機……だと？　それがザルツベルグ伯爵家を亡《ほろ》ぼした理由だとでもいうのか？」

亮真の言葉に、ハルシオン侯爵が憎《にく》しみの籠《こも》った視線を向けた。

しかし、亮真は平然と頷いて見せる。

そして、真っ向から言葉の刃《やいば》を振り下《お》ろした。

「この国は今、未曽有《みぞう》の混乱に襲《おそ》われています。そして、その原因は今更私が述べる必要などないでしょう」

そう言うと、亮真は周囲を睨みつける。

その眼光には、貴族達の統治に対しての糾弾《きゅうだん》と断罪の意味が込められていた。

実際、このローゼリア王国における貴族達の統治はかなり過酷《かこく》なものだ。

税の滞納《たいのう》をすれば家族が奴隷《どれい》商人に売り払われるなど日常茶飯事《にちじょうさはんじ》だし、見め麗《うるわ》しい平民の中には領主やその縁者《えんじゃ》に目を付けられた挙句、毒牙《どくが》に掛かる事も珍《めずら》しい話ではない。

その中には、婚礼《こんれい》を直近に控《ひか》えていた娘《むすめ》もいた。

因《ちな》みに中世ヨーロッパなどを始めとして世界各地には、初夜権やそれに類する制度と言うものもあったらしい。

結婚《けっこん》の初夜に新郎《しんろう》よりも先に権力者や神官が新婦と交わるというアレだ。

これが単なる下世話な噂話《うわさばなし》でしかないのか、はたまた人類史の未《いま》だ見ぬ闇《やみ》の部分かは定かではない。

明確な一次資料として残っているものがないからだ。

また、解釈《かいしゃく》についての様々な点もこの制度に関しての理解を妨げている一因だろう。

権力者が自らの力を誇示《こじ》する為と言う意見もあれば、呪術的《じゅじゅつてき》な要素であるという意見もあるし、新郎に罰金《ばっきん》を支払わせる事を目的とした税の一種ではないかとも考えられている。

正義や道徳観と言うのは、時代背景や風土で異なるのだから。

しかし、現代社会の価値観から考えるとまさに鬼畜外道《きちくげどう》の所業と言っても過言ではないだろう。

勿論《もちろん》、これはあくまでも膨大な歴史の中の一ページでしかないのは事実だ。

ただし、それはあくまでも、現代社会に生きる多くの人間にとっては……だ。

大地世界に暮らす平民達《たち》の生活は、そんな中世と大差ないぐらい過酷だった。

いや、下手をすればそれ以上の地獄《じごく》かもしれない。

そして、そんな過酷な状況に生きる大地世界の人間達は別に聖人君主でもなければ馬鹿でもないのだ。

確かに、彼等は表立って貴族に対して反抗《はんこう》と言う選択肢を選ばなかった。

(法術という超常《ちょうじょう》の力を身に付けた貴族達の前では、ただの平民が武器を手にして反抗したところで、何の意味もないと思い知らされているからな)

だが、彼等は何も不満を感じない訳ではないし、自分達の置かれた悲惨《ひさん》な状況を進んで受け入れているわけでもない。

自分達が弱いから支配階級である貴族の横暴や苛政《かせい》に口を噤んで我慢《がまん》しているだけの事。

それが自分と家族の生命と財産を守る手段だと思えばこそ、嵐《あらし》が過ぎ去るのを待つのと同じ様に耐《た》え忍《しの》んでいるのだ。

だが、我慢はあくまでも我慢でしかない。

吐《は》き出《だ》し先の無い支配階級に対しての不満は、常に彼等自身の心の奥底《おくそこ》で燻《くすぶ》っていた。

親から子へ、子から孫へ。虐《しいた》げられてきた怒《いか》りと憎しみは、連綿と受《う》け継《つ》がれて来たのだ。

そして、国政の乱れに因る王国内の混乱は、そんな彼等の燻っていた火を燃え上がらせてしまった。

（問題は、その事をこいつらが理解するかどうかだが……まぁ、正直に言って望《のぞ》み薄だろうな）

それが理解出来る様な人間なら、初めからこんな事にはなりはしないというのが亮真の偽《いつわ》らざる心だ。

今のローゼリア王国における混乱の根本的な原因が、貴族達《たち》が行ってきた苛政である事は紛《まぎ》れもない事実だろう。

だが、今更そのことを新興貴族に指摘《してき》されたところで、しおらしく自らの非を認める程、貴族達も甘くはなかった。

案の定、亮真の激情とも言える言葉に対して、周囲の反応は冷ややかと言うしかない。

「確かに我が国《くに》は混乱はしている。御子柴男爵の言う様に原因も明白だろう。ただ、我々が考える原因と御子柴男爵が考える原因とが同じであるとは限らないがね？」

そう言うと、ハルシオン侯爵は意味深な視線を周囲へと向ける。

その視線の意味が分からない人間はいないだろう。

とどのつまり、責任の転嫁《てんか》だ。

ただ、ハルシオン侯爵の言葉も完全に的外れとは言えない。

結局はどの視点と立場で物を言うかと言う点に尽《つ》きるだろう。

貴族としての視点か、一人の人間としての視点か。

そして、この場に居る人間の多くは、一人の人である前に貴族と言う名の生き物だった。

「ハルシオン侯爵の意見に私も賛同する。それに、私見を言わせてもらうなら、国の混乱が事実であろうがなかろうが、それと貴殿がザルツベルグ伯爵家を始めとした北部十家を攻め滅《せ》ぼしたという事実に対しての責任とは無関係と思う。御子柴男爵はどう思うかね？　正当性を主張できると言うのであれば、是非《ぜひ》とも英雄のご高説を拝聴《はいちょう》したいものだ」

貴族院の有力者であるアイゼンバッハ伯爵《はくしゃく》が、亮真を挑発した。

その言葉に、次々と賛同の声が上がる。

それはまさに罵声の嵐と言っていい。

そんな彼等《かれら》の態度に、亮真は自分の予想が的中した事に対しての呆《あき》れと諦観《ていかん》を感じていた。

(予想通りと言えば、予想通りか……)

元々、このローゼリア王国と言う国は、西方大陸に数ある王国の中でも、特に身分制度に厳格な国だ。

また、王の持つ実権がかなり制限されているのも特色だろう。

ルピス女王の父親である先代国王の時代から、少しずつ権力を王家に取《と》り戻《もど》そうとはしているが、その道は果てしなく遠いと言わざるを得ない。

何しろこの国において、貴族階級の力は強く大きい。

その上、良くも悪くも伝統と格式を重んじる国だ。

何しろ、五百年以上もの歴史を誇るのだから。

そんな彼等にとって、現状を変えようという認識《にんしき》は皆無《かいむ》だった。

大半の貴族にとって、領民とは自分達の生活を豊かにするための財産でしかない。

言うなれば家畜《かちく》と同列。

そして、家畜が不満を持とうが持たなかろうが彼等は一顧《いっこ》だにしなかった。

(変わらない……か。まぁ、そうだろうな。今更変われる筈もないか)

彼等が平民の持つ憎しみや怒りを本当の意味で理解するのは、その怒りが爆発《ばくはつ》し、自分と家族の首が刎《は》ね飛ばされる瀬戸際《せとぎわ》だろう。

(そして、貴族階級への怒りを平民達に植え付け、国内を混乱させる事こそが見えない敵の狙い……まぁ、その策を見抜《みぬ》いておきながら利用した俺《おれ》が言うのも少しばかり白々しいが……連中のやり方に大分問題があるのは嘘《うそ》ではないからな……自業自得《じごうじとく》って事で納得《なっとく》して貰うしかないか)

亮真はウォルテニア半島に左遷《させん》されてから今日まで、様々な策謀を巡《めぐ》らせてきた。

とは言え、自らの意思で火を付けた事は一度としてない。

亮真がしたのは、ただほんの少し種火の周りに油を注いだだけの事。

それだって、好き好んで実行したというよりは、このローゼリア王国の闇の中でほくそ笑んでいる何処《どこ》かの誰かさんが画策した思惑を覆《くつがえ》そうとしただけの事だろう。

そして、その目的はただ一つ。

自分と仲間の命を危険から守る為に他ならない。

(踊《おど》らされた平民達は気の毒だけど……な)

それは亮真の偽《いつわ》らざる本音。

だが、それが分かっていても亮真には打つ手がない。

貴族階級への不満自体は以前から燻《くすぶ》っていたのだ。

そして、その事実からこの国の支配者層は目を背《そむ》け続けてきた。

だから、一度火がつけば平民達の不満は燎原《りょうげん》の火の如《ごと》くこのローゼリア王国を焼き尽くしていくだろう。

それは、極《きわ》めて当然の理《ことわり》。

とは言え、亮真は自分の理をルピス女王や貴族院の人間達に理解して欲《ほ》しいとは思わないし、出来るとも考えてはいない。

人は自らの信じたい物だけを妄信《もうしん》し、信じたくない物は存在しない物として処理するものだ。

ましてや、成り上がり者として毛嫌《けぎら》いしている人間が如何に真実を語ろうとも、貴族達の感情がそれを受け入れる筈がなかった。

西方大陸に暗躍《あんやく》する謎《なぞ》の組織の存在を伝えたところで、彼等は聞く耳を持たないだろう。

(勿論、それはそれで構わない)

それが貴族達の決断だと言うのであれば、亮真がその事に何かを言う必要はないのだ。

だが、その決断に因って亮真や仲間の権利や利益が侵害《しんがい》されるとなれば話は変わって来る。

（組織……か。連中の狙いが何にせよ、恐《おそ》らくは戦乱を望んでいる……地球で言えば死の商人のようなもんかね？　なんか漫画《まんが》か小説の設定みたいだが……）

現実は小説よりも奇《き》なりと言う言葉がある様に、どうやらこの異世界でもその言葉は適応されるらしい。

問題は、その組織の手先が誰かと言う点だ。

（ユリアヌス陛下から聞いた話から推測しても、あのおっさんが第一容疑者……だろうな）

亮真の脳裏に一人の男の顔が浮《う》かぶ。

人が好《よ》さそうな笑みを浮かべた中年の顔だ。

だが、亮真は初めて会ったその時から、何処か胡散臭《うさんくさ》さを感じていたのは確かだ。

同じ日本人らしいが、親近感よりも嫌悪《けんお》感の方が強いのも、男の体から発せられる妖気《ようき》の様な何かを、亮真の武人としての本能が察しているからだろう。

勿論、現在の状況では確たる証拠《しょうこ》など何もない。

あくまでも、亮真から見て限りなく黒だというだけの事だ。

だが、もし亮真の勘《かん》が正しければ、それはつまりローゼリア王国の王宮内部に組織の手が伸《の》びている事を示唆《しさ》している。

（聞く耳を持たない連中相手に道理を説くのも徒労だしな……そろそろ、本命にご登場いただ

き幕引きとするか)

貴族達の罵声や嘲笑《ちょうしょう》も勢いを弱めた今こそ、潮目を変える絶好の機会だろう。

だから、亮真は徐《おもむろ》に大きなため息を一つついて見せた。

そして、肩《かた》を軽く竦める。

「成程、皆《みな》さんの不満やお怒りは拝聴させて頂きました。実に残念な事ですが、どうにも私と皆さんとは平行線の様ですね。恐らくこれ以上の会話は意味を持たないでしょう」

聞き様によっては、実に無責任とも言える言葉だ。

案の定、勢い込んだ貴族の一人が亮真を怒鳴《どな》りつけようと椅子《いす》から立ち上がりかける。

「何を……」

だが、その貴族は腰《こし》を椅子から離したところで、立ち上がる事を止めた。

そして、喉元《のどもと》まで出かかっていた罵声を飲み込む。

先ほどとは段違《だんちが》いの殺気の籠った亮真の視線に気圧《けお》されたのだ。

それは、戦場を知る者と、地位に胡坐《あぐら》をかいてきた者との人間としての差なのかもしれない。

周囲の貴族達も、その事を本能的に理解したのだろう。

そんな貴族達に向けて、亮真は再び口を開いた。

「ですから、ここは一つ我らが王にご登場いただき、今回の一件に関してお心をお聞きするのはいかがでしょうか？　ねぇ、ルピス・ローゼリアヌス陛下！」

それは、ローゼリア王国の臣下として亮真が己《おのれ》に課した最後の仕事だ。

その言葉に、この広間に居た誰もが言葉を失っていた。

「何を馬鹿な……」

貴族の一人から、そんな言葉が零《こぼ》れる。

それほどまでに、亮真の言葉はこのローゼリア王国の貴族達にとって常識外れとも言うべき要求だったのだろう。

しかし、亮真は見逃《みのが》さなかった。

周囲が自分の言葉を失い固まる中、ハルシオン侯爵が見せた反応だけがほんの少しだけ違っていた事を。

（ほんの一瞬《いっしゅん》だが、確かに視線を自分が出てきた扉《とびら》へと向けた……つまりはそう言う事……だな）

自らの予想が正しかったことを察し、亮真は更なる言葉の刃を切り込む。

「それとも、私の前に顔を出す事すら出来ませんか？　言葉を交わす事もなく自らの非をお認めになると？」

それは、一国の王に向けての言葉ではなかったのは確かだろう。

しかし、この場に居る誰もがその事を咎《とが》められなかった。

そして、ついにその扉が開かれた。

初めに目に入ったのは、長い黒髪《くろかみ》をなびかせた騎士《きし》。

その装いはまるで、これから戦場にでも赴こうかと言う重装備だ。

その上、本来は貴族院に所属する者しか許されていない筈の剣《けん》も腰に帯びたままだ。

本来であれば、騎士がどんな身分であろうとも、厳罰《げんばつ》に処さなければならないだろう。

だが、そんな女騎士よりも問題なのは、彼女《かのじょ》に先導されるように姿を現した女性だった。

「陛下……何故此処《なぜここ》に……」

その言葉を発したのが誰だったのかは分からない。

しかし、その言葉はこの場に居る大半の貴族達の心を代弁していた。

それは、本来あり得ない筈の光景。

確かに貴族院は王城の一部ではあるが、国王が自ら足を運ぶ事はまず考えられないのだから。

だが、そんな周囲の驚《おどろ》きを他所に、ハミルトン侯爵は素早《すばや》く椅子から立ち上がると、その場に片膝《かたひざ》を突いて己《おのれ》が主に対して敬意を示す。

その姿に、思わぬルピス女王の登場に呆然《ぼうぜん》としていた貴族達も素早く従う。

そしてそれは、ルピス女王を名指しで呼び出した亮真も同じだった。

「久しぶりね……御子柴男爵……顔を上げて構わないわ」

その言葉には何処か苦々しさが滲《にじ》んでいた。

とは言え、国王であるルピス女王が出した許可だ。

ルピス女王の言葉に従い、亮真は伏《ふ》せていた顔をゆっくりと上げた。

亮真とルピス女王の視線がぶつかる。

その瞬間、周囲の貴族達は目に赤い火花が散るのを見た。

勿論、それは幻《まぼろし》に過ぎない。

二人の間に渦巻《うずま》く異常な程《ほど》にヒリついた空気が齎《もたら》した幻覚《げんかく》だ。

だが、間違いなく貴族達の目にはその光景が見えたのだ。

そこかしこから息を飲んだ様な音が零れた。

呼吸する事すらも憚《はばか》られる様な重圧が、この広間を覆《おお》っている。

しかも、互《たが》いに相手から視線を逸《そ》らすつもりはないらしい。

（成程な。引く気はないという事か……流石《さすが》にあの頃《ころ》の御姫《おひめ》様ではなくなったか……）

亮真は、ルピス・ローゼリアヌスという女の成長を素直《すなお》に認めた。

逸らせた瞬間に、両者の格付けが決まってしまうのだ。

これは、地位の話ではない。

純粋《じゅんすい》な生物として、あるいは人間としての格付けだ。

そして人間としての格というものは、一度《ひとたび》決まってしまえば簡単には覆せなくなる。

それだけ、決意をもってこの場に居るという事なのだろう。

だが、二人の顔に浮かんでいる表情は対照的と言えた。

片方は太々《ふてぶて》しい笑みだ。

しかし、もう片方は憎しみと怒りで本来は美しい顔が酷《ひど》く歪《ゆが》んで見える。

勿論、前者は御子柴亮真であり、後者はこの国の王だ。

（今更和解も妥協《だきょう》も選べないから当然と言えば当然だろう……それに、俺の挑発を無視する事も出来たのに、態々《わざわざ》姿を現したのも、自分の手でケリをつける為……）

本来ルピス女王がこの場に姿を現す必要性はない。

いや、いるべきではないという方が正しいだろう。

民衆は乱世において英雄を求めるもの。

そして、先の内乱を終結に導き、ザルーダ王国をオルトメア帝国《ていこく》の侵略《しんりゃく》から一時的にせよ守って見せた御子柴亮真は、ローゼリア王国の国民にとっては畏怖《いふ》の対象であると同時に英雄だった。

そんな英雄を国王自らが主導して処断するというのはあまりに外聞が悪い。

勿論、最終的な裁可を行うのは国王であるルピス女王ではあるが、貴族院の決定を追認《ついにん》するという形の方が良いのは間違《まち》がいないだろう。

そしてそれは、ルピス女王自身が一番理解している筈だ。

だからこそ、審問《しんもん》が始まってからも、自らは別室で事の推移を、ただジッと見守っていたのだから。

いや、もし仮にルピス女王が理解していなかったとしても、側近であるメルティナが止めない筈がなかった。

それでも尚《なお》、この場に姿を現したとなれば、その意味は一つしかないだろう。

（この場での決着……諸々《もろもろ》のリスクを理解した上で、腹を括《くく》った。まぁ、予想通り……だな。そうなる様に態々隙を見せて誘《さそ》ったのだから食いついてもらわなくては）

亮真はルピス女王の表情から、その怒りと憎悪《ぞうお》の仮面の下に渦巻く葛藤《かっとう》を正確に見抜いていた。

今回の騒動《そうどう》における根が何処《どこ》にあるかと言えば、それは間違いなく亮真をウォルテニア半島と言う辺境へと左遷して飼い殺しにしようとルピス女王が決断したその日からだろう。

内乱が収まりローゼリア王国を出ていく気だった亮真を、褒賞《ほうしょう》という名目で無理やり貴族位と領地を与《あた》えて引き留める決断をしたのは、ルピス・ローゼリアヌスその人なのだから。

善悪と言う観点で言うならば、原因を造ったルピス女王は加害者だし、亮真は自らの身を守ろうとしただけの被害者《ひがいしゃ》だと言えなくもない。

そして、今までのルピス女王であれば、その罪悪感を振り払って大胆《だいたん》な手段に打ってでる事は出来なかった筈だ。

たとえ個人的な憎悪を心の内に秘《ひ》めていても。

それでも、ルピス女王が亮真の挑発に乗ったとはいえこの場へと姿を現したのは、自分とこの国の安寧《あんねい》の為にと悲壮《ひそう》な覚悟《かくご》を固めてきたのだろう。

(国を治めると言うのは綺麗事《きれいごと》じゃ済まない。綺麗事を口にするなとは言わないが、それをするには圧倒的《あっとうてき》な力が必要な事を分かっていない……いや、分かっていなかったというべきか)

国を支配する、あるいは国の行く末を決める王や指導者と言った立場に立つ人間は、自分の判断に迷ってはいけない。

より正確に言えば、迷う姿を周囲に見せてはいけないのだ。

勿論、王も人間である以上、後悔《こうかい》や反省とは無縁《むえん》ではいられない。

だが、王の仕事は決断する事。

その決断するべき王の判断や指示が揺《ゆ》らいでは、下の人間は自分がどう動くべきなのか判断出来なくなってしまう。

その事をようやくルピス女王も理解したのだろう。

いや、理解せざるを得なかったという方が正しいのかもしれない。

地位が人を育てるという言葉がある。

数多《あまた》の苦難の果てに、ルピス・ローゼリアヌスはようやく為政者《いせいしゃ》としての自覚に目覚めたのだろう。

(惜《お》しいな……今のこの女であれば、あるいは……)

それは亮真の偽らざる本音だ。

とは言え、それは今更《いまさら》言っても意味のない仮定。

賽《さい》は既《すで》に投げられているのだから。

沈黙《ちんもく》を始めに破ったのはルピス女王だった。

「一つだけ聞かせて頂戴《ちょうだい》……何故？」

それは、質問としては微妙《びみょう》に内容が足りない問いかけだった。

しかし、当事者である二人にしてみれば、それだけで十分なのだろう。

「何故？　ですか……今更その問いに答える必要がありますか？」

その言葉に、ルピス女王は軽く目を伏せる。

今更意味が無い問いである事を理解しているのだ。

そして、それを理解していても尚、問いかけてしまったことの意味を改めて己自身に問いかけているのだろう。

傍らに立つメルティナがルピス女王に向けて不安げな視線を向ける。

その視線を感じたルピス女王は、メルティナへ向けて軽く首を横に振ると、顔を亮真へと向けた。

その目に宿るのは固い鋼鉄の様な意志の光だ。

「ええ、この問いが感傷でしかないことは分かっているわ。でも……でも、最後に聞いておきたい。私がこの国の王なのだから……」

それは、ルピス女王の真実の言葉。

これから罪人として裁く英雄へ向けての最後の手向《たむ》けの様なものだろうか。

それを分かっているからこそ、亮真もまた自分の素直な心の内をさらけ出す。

「まぁ、端的《たんてき》に言えば生き残る為《ため》に必要だから……ですかね」

「生き残る為に必要？」

亮真の答えにルピス女王は首を傾《かし》げた。

それは、若き英雄と目される男が口にするには、随分と消極的な言葉だろう。

それこそ、「一国の王になる為」とでも言う方が、御子柴亮真という人間にはお似合いの筈だ。

事実、沈黙したまま成り行きを見守っていた貴族達も怪訝《けげん》そうな表情を浮かべている。

彼等もまた、先の戦《いくさ》を成り上がり者の分を弁《わきま》えない野心からの発露《はつろ》だと考えていたのだろう。

そんな周囲の視線を他所《よそ》に、亮真は己の心情を口にした。

「まぁ、詳《くわ》しく説明すると長くなりますし、どうせ此処に臨席されている古臭《ふるくさ》い固定観念に縛られた貴族の皆さんにご理解はしていただけないでしょうから、結論だけ言わせていただきましょうか。ハッキリ言えば皆さんの非効率で馬鹿げた統治に巻き込まれて死にたくない……という事です。良くも悪くも私はこの国にそこまでの愛着もありませんしね」

そう言うと、亮真は穏《おだ》やかな笑《え》みを浮かべて見せた。

国で考えれば売国奴《ばいこくど》か自分の保身しか考えない屑《くず》の様にも聞こえるだろう。

しかし、国ではなく企業《きぎょう》として考えれば亮真の主張はそれほど奇抜《きばつ》ではない。

亮真はいわばローゼリア王国と言う名の企業に中途《ちゅうと》採用された社員の様なものだ。

だが、どれほど大きな企業も、経営方針に関《かか》わる様な上級社員が賄賂《わいろ》を受け取り、資産の横領を繰《く》り返していれば、そんな会社に未来はない。

何《いず》れは行政の指導が入って社会的信頼《しんらい》を損ない倒産《とうさん》するか、他社に買収や吸収合併《がっぺい》される未来が容易に想像できるだろう。

ましてや、せっかく会社の空気に染まっていない中途採用の社員が改革を唱えても、過去の因習に囚《とら》われて会社自身にその改革案を受け入れる余地《そこ》が無いとなれば打つ手はない。

それに加えて、トップであるルピス・ローゼリアヌス自身の経営方針がぐらついていればお話にもならないだろう。

独裁政権が良いとは言わないが、決断できない人間が組織のトップでは、全《すべ》てが歪んでくるのだから。

そうなった時、中途採用の社員が取れる道は二つ。

逃《に》げ出すか、戦うかしかない。

それは極《きわ》めて当然の理だ。

だが、そんな亮真の理など特権意識に凝《こ》り固《かた》まり、自らの行いを顧《かえり》みることのない貴族達には伝わりはしなかった。

沈黙を守っていた貴族達の口から怒号《どごう》が飛《と》び交《か》う。

それは、この審問の間全体を震《ふる》わすほどの大音量。

だが、そんな周囲の声も亮真にとってみれば、何の価値もなかった。

そして、その顔に浮かべた笑みを崩《くず》す事無く言葉を続ける。

「あぁ、勘違《かんちが》いしていただきたくないのですが、私は別に皆さんの統治方法を非難するつもりはありません。愚《おろ》かだとは思いますし、非効率だとも思いますが、それがこの大地世界のやり方であると言うのであれば、私にそれを否定や非難する権利はありませんからね。どれほど苛政を敷《し》いて民から恨《うら》まれようと、私に関係ないところでやるのであれば、それは一向にかまいませんし、とやかく言う気もありません……ですが、その所為《せい》で私と仲間、そして領民達の生命と財産を侵害されかねないとなれば話は別です」

それは穏やかな声だ。

しかし、同時に強靭《きょうじん》な鋼の強さを秘めても居る。

自らの行動に正義と大義を確信しているのだろう。

それと同時に、その思いが周囲から理解されず、反発を受ける事もまた覚悟しているのだ。

「だからザルツベルグ伯爵家《はくしゃくけ》と戦をしたというの？」

「ええ、あの方は己の欲と恨みに溺《おぼ》れ歯止めが利《き》かなかった。その結果、領民達は苛政に喘《あえ》いでいました。ユリア夫人の政治手腕《しゅわん》や、イピロスの経済を一手に握《にぎ》る商会連合の協力もあって何とかバランスを保ってはいても、少し外部から力が加われば簡単に崩れる砂上の楼閣《ろうかく》でしたからね。領地が隣接《りんせつ》している私としては、到底《とうてい》看過出来る訳がありません。確かにウォルテニア半島は未開の地であり、領民の数も少ないですが、だからと言って領主の義務を放棄《ほうき》は出来ませんから」

その言葉に、ルピス女王は詰問《きつもん》する。

「だから戦を起こしたと？　……確かに領地を守るのは貴族の義務。それは認めるわ。でも、それ程までにザルツベルグ伯爵家の統治が酷い物であると知っていたのならば、何故《なぜ》貴族院に訴《うった》え出《で》なかったの？　貴族同士の諍《いさか》いは貴族院にて判断し、国王が判決を下すのがこの国の法の筈よ！」

その言葉に、周囲の貴族達からも亮真に向かって罵声《ばせい》が飛んだ。

「そうだ！　何故貴族院に報告をしなかった！」

「ザルツベルグ伯爵家の領地を欲《ほっ》した貴様が言い訳がましく言っているだけの事だ！」

そんな周囲の反応を確かめ、今迄沈黙《いままでちんもく》を守っていたハルシオン侯爵は悠然《ゆうぜん》と嘯《うそぶ》いて見せる。

「陛下の言われる通りだ。もし本当に貴殿《きでん》の行動が民を思っての事であるのであれば、なぜ我々にザルツベルグ伯爵の非道を報告せず、独断で攻めかかったのだ？　これこそ今回の戦が貴殿の野心から引き起こされた事の証《あかし》ではないのかね？」

法の定めに従うというのは、国家に属する人間にとって当然の事だ。

少なくとも、法に従う努力はするべきだろう。

だが、そんな当然の非難を受けても亮真には微塵《みじん》も動揺《どうよう》する様子がなかった。

「いやいや、貴族院へ報告しなかったのは単に皆さんへ話をしたところで無駄《むだ》だからですよ。何しろ皆さんは同じ穴の狢《むじな》ですから」

そう言うと、亮真は懐《ふところ》から折りたたんだ紙を取り出しメルティナへと声を掛《か》ける。

「申し訳ないのですが、これを陛下にお見せ願えますか？」

そう言って差し出された紙をメルティナは探《さぐ》る様な表情を浮かべながらも黙って受け取る。

殺気を放ってはいても、この場の空気から受け取らないという選択肢《せんたくし》はなかったようだ。

もっとも、亮真の取り出した紙に書かれている内容に興味を抱《いだ》いたのはルピス女王も同じらしい。

メルティナから四つ折りにされた紙を受け取ると、ルピス女王は素早く広げる。

そこにあるのは、貴族院に属する貴族の名前と無数の数字だ。

初め、ルピス女王はこの紙に書かれた数字と文字の意味が分からなかった。

余裕《よゆう》の笑みを崩さない亮真の顔を見ながら、ルピス女王は必死でその意図を探ろうとした。

(この紙に書かれているのは、ハルシオン侯爵を始めとした貴族院に属する者達ばかり……そして、月毎《つきごと》に割《わ》り振られた数字……貴族院に属さない貴族としては……一番上に書かれているザルツベルグ伯爵の名前だけ……駄目《だめ》ね、これだけでは意味が分からないわ……でも、どんな狙《ねら》いがあるにせよ、この男が意味のない事をするとは思えない)

この紙に書かれた数字は、亮真の行動の正当性を裏付ける筈《はず》のものだ。

少なくとも、その根拠として使える物でなければならない。

ルピス女王の中で様々な仮定が浮かんでは消えていく。

そして、ある一つの仮定が残った。

「まさか……これは……」

その仮定にたどり着いた瞬間《しゅんかん》、ルピス女王の美しい顔が引きつる。

そんなルピス女王に向かって、亮真は悠然と頷《うなず》いて見せた。

「陛下のご想像通り。これはザルツベルグ伯爵家が貴族院とそこに属する貴族達へと支払った月々の支援金《しえんきん》の額を記載《きさい》した物です。まぁ、端的に言えば袖《そで》の下ですよ」

亮真の声が、審問の間に不自然なほど大きく響《ひび》き渡《わた》った。

亮真の声が虚空《こくう》に散った後、沈黙が広間を支配する。

誰もが口を閉じた。

どの顔も表面上は平静を保っている。

しかし、その内心はどうだろう。

思わぬところから飛んできた奇襲《きしゆう》に際して、反撃《はんげき》の糸口を考えているのだろうか。

そして、沈黙はほどなくして、この場に列席している貴族達によって破られる。

「馬鹿《ばか》な……何を言っているのだ」

「大方破れかぶれの狂言《きようげん》だろう」

「まぁまぁ、皆さん。私も身に覚えはありませんが……一体何をもって証拠と言われるのか、御子柴殿《どの》にご説明を聞いてみるべきでしょう」

「とにかく、まずはその紙に書かれた内容をお見せいただきたい。事の真偽《しんぎ》を問うのはそれからでなければ……」

次々に放たれる言葉は、その大半が否定と困惑《こんわく》の色に染まっていた。

本気で身に覚えが無いと思っているのか、はたまたそう言う演技《えんぎ》をしているのか。

兎《と》にも角《かく》にも、彼等は時には率直《そつちよく》にその身の潔白を主張し、時には婉曲《えんきよく》に亮真の出方を窺《うかが》おうとする。

流石《さすが》のローゼリア王国の貴族社会に巣くう妖怪達《ようかいたち》と言ったところ。

亮真の言葉は想定外だった筈なのに、狼狽《ろうばい》した様子を見せる事もなければ、不自然な程大声で自らの正当性を主張もしない。

時代劇の設定でよく見られる、証拠を突《つ》き付《つ》けられて逆上する悪人の様なお手軽な展開は望むべくもないらしい。

(もっとも、何人かは役者として二流と言ったところだけどな……)

表面上は、平静を上手《うま》く取り繕《つくろ》ってはいる。

だが、亮真の目は何人かの顔が緊張《きんちょう》で引《ひ》き攣《つ》っている事を見抜いていた。

心の中の動揺を完全に自分の意思で抑《おさ》え込めていない証だろう。

(まぁ、裁判の証拠にはならないからどうでも良いって言えばいいんだが……)

問題は、亮真の言葉に対して動揺を完全に自制して見せた連中だ。

政治家とは嘘と本音を使い分ける必要がある職業だが、それは異世界でも同じ事らしい。

力のある政治家とは、ある意味では超一流《ちょういちりゅう》の役者以上に演技力を求められる。

当然、その為には自分の心を完全に制御する必要があるだろう。

そんな中、最も平静を保っていたハルシオン侯爵が素早く動きを見せる。

「陛下、恐れ入りますが私にも……」

そう言うとハルシオン侯爵はルピス女王へと体を向ける。

そしてルピス女王が手にする紙を受け取ると素早く目を走らせた。

そんなハルシオン侯爵を周囲の貴族達は固唾《かたず》を飲んで見守る。

どれ程《ほど》、時間が流れただろう。

やがてハルシオン侯爵は鼻を鳴らして嘲笑《ちょうしょう》を浮かべた。

(馬鹿《ばか》め……こんなものが何の証拠《しょうこ》だと言うのだ……)

ハルシオン侯爵家の印章でも用いられた書類などであれば話は変わるだろうが、見た限りは本当にただの紙に数字と名前が書かれているだけの代物《しろもの》でしかないのだから。

表面上は平静を取り繕っていたものの、本当のところは亮真の言葉を聞いてハルシオン侯爵も慌《あわ》てたのだ。

しかし、それが杞《き》憂《ゆう》である事を理解した今、懸《け》念《ねん》するべき事柄《ことがら》はもうない。

だからだろう。

ざわめいた心を落ち着け、最期《さいご》の悪あがきを見せた成り上がり者を断罪する為に、ハルシオン侯爵は深いため息を一つつく。

そして、ゆっくりと口を開いた。

「陛下、騙《だま》されてはなりません。あの男は、我々を陥《おとし》れようと悪あがきをしているだけです。落ち着いて考えれば陛下にもお分かりいただけると思います」

ルピス女王の心の内をかき乱す疑《ぎ》惑《わく》の種を取り除く為に、ハルシオン侯爵は殊更《ことさら》理路整然と言葉を紡《つむ》ぐ。

こういった場合、下手に感情をむき出しにした反論を行うと、逆効果になる事を長年の経験から理解しているのだ。

「あの男はこれを証拠と言って陛下へ差し出しましたが、私が見たところただの数字の羅《ら》列《れつ》が記載されているだけの代物。その上この紙キレには署名もなければ印章もありません。こんなものが一体何の証拠だというのでしょう？　いかがお考えでしょうか陛下」

そう言うと、ハルシオン侯爵は念を押《お》すように尋《たず》ねた。

「それはそうかもしれません……ですが……」

ルピス女王は返す言葉を失った。

事実として、この紙に書かれているのはただの名前と数字の羅列でしかない。

それも、誰の手によって書かれたのかも不明となれば、その辺の屑紙の裏に書かれた走り書きと大差はない品だ。

これでは、子供の落書きと変わりはしない。

証拠と言うにはあまりにも弱いだろう。

だが、それでもルピス女王は亮真がこの審問の場で出したという一点において、引っかかりを感じている。

この紙を提出したのが、御子柴亮真であることを考えれば当然だろう。

少なくとも、ルピス女王が知る限り、御子柴亮真という男は基本的に無駄な事を嫌《きら》う。

そんな彼《かれ》が、一笑《いっしょう》に付される様な品を証拠として出す筈が無いのだから。

そして、亮真にしてもそんなハルシオン侯爵《こうしゃく》の反論とルピス女王の心の奥《おく》に沸《わ》いた疑念は織り込み済みだった。

「陥れるとは人聞きが悪い。まぁ、証拠という意味ではかなり弱いのは認めますがね」

そう言うと、亮真は悠然と笑う。

そして、困惑気味なルピス女王へ向かってゆっくりと口を開く。

「その紙自体には大した意味はありません。でも、紙に書かれている数字には意味があります」

「どういうこと？」

「その数字は貴族達の腐敗《ふはい》を憂《うれ》い、国を立て直そうとしていた一人の男が集めた資料と、ザルツベルグ伯爵夫人から提供された資料を突き合わせた結果、ザルツベルグ伯爵が毎年賄賂として各家へ贈《おく》っていた金貨の枚数を書き写した物です」

亮真の言葉の意味が分からず、ルピス女王は首を傾げる。

勿論、亮真の言いたいことは理解出来た。

問題は、なぜわざわざこんな紙切れに書き写した物を出してきたのか……だ。

「では、何故その元の資料とやらを提出せずにこんな周りくどい事を？」

それは当然の疑問だ。

原本と複写。

どちらが証拠能力として高いかと問われれば、当然の事ながら原本の方に軍配は上がる。

勿論、複写と言っても現代社会の様にカメラで写真を撮《と》ったり、カラーコピーを取ったというのであれば複写であっても証拠能力としては申し分ないだろうが、この大地世界では望むべくもない。

必然的に、複写とはいってもそれは文字通りの人の手に因《よ》る書き写しだ。

改ざんや書き損じの可能性を考えれば、証拠として用いろという方が無理がある。

諸々考え合わせれば、亮真が原本を確保しているのであれば、証拠として提出しない理由はない。

いや、逆に稚拙《ちせつ》な証拠を出す方が印象を損なってしまう分だけ損とすら言える。

だが、それはあくまでも公平な裁判をしてもらえるという判断が成立する場合に限っての話だ。

「それは当然でしょう？」

そう言うと、亮真は小馬鹿《こばか》にした様な笑みを浮かべながら肩を竦《すく》めて見せる。

そして、周囲の貴族達へ鋭《するど》い視線を向けた。

犯罪者の中で一番怖《こわ》くて質《たち》が悪いのは、正義の仮面を被《かぶ》った人間。

現代社会で言えば、警察官や検察官、あるいは裁判官といった法執行《ほうしっこう》機関やそれに付属する機関の人間だろうか。

或《ある》いは、スポーツの試合で審判《しんぱん》を買収し、自分に対して有利な判定を出させるのも近いかもしれない。

どちらにせよ、司法は公平さを担保してなければ存在する意味が無い。

(まぁ、真に公正で公平な社会なんてないのは分かっているが……ね。俺も含《ふく》めて……人間てのはそう言う存在だからな)

スポーツに例えればサッカーやボクシングの試合で、開催地《かいさいち》や開催国《かいさいこく》出身の選手などに有利な判定を行うホームタウンディシジョンなどはその最たるものと言えるだろう。

しかし、それが一概《いちがい》に悪かと言い切れるかは微妙なところだ。

人は何かに属す事によって安心感や連帯感を得る生き物なのだから。

だからこそ人間社会に生きるというのは、不公平との戦いであるとも言えるだろう。

問題は、不公平な現実を前にどうするか。

不公平だからと口汚《くちぎたな》く罵《ののし》って負けるか、不公平に負けない為にあらゆる手段を用いて勝ちに行くかしかない。

(だから、後は俺の正義と連中の正義のどちらが強いかだけ……)

今ハルシオン侯爵と行っているのは言葉による闘《たたか》い。

剣を振《ふ》るわないだけで、本質的には戦と同じだ。

相手を屈服《くっぷく》させた方が勝つ。

そして、言葉を用いた戦争では、相手の正義を貶《おとし》めるというのが非常に有効だ。

そう、収賄《しゅうわい》や脱税《だつぜい》などの汚職《おしょく》を暴露《ばくろ》するのは特に……

「私は貴族院の正義や中立性を信じてはいません。何しろ如何《いか》に見放された魔境《まきょう》だったとはいえ、ウォルテニア半島がローゼリアヌス王家の直轄地《ちょっかつち》であった頃から、半島内で産出される岩塩を密輸して私腹を肥やしていたザルツベルグ伯爵の不正を、多額の金品を代価に見逃して来た貴族院の方々ですから……ね。そんな連中が長年犯《おか》してきた不正を証明する大切な証拠をこの悪の巣窟《そうくつ》に持って来いと言われても……ねぇ?」

それは亮真が温存してきた最大級の爆弾《ばくだん》。

その言葉を聞いた瞬間、悠然とした態度で事の成り行きを見守っていたハルシオン侯爵達《こうしゃくたち》の顔色が変わった。

（俺がそこまで調べているとは思わなかったって面だな……まぁ、流石にただの収賄とは訳が違《ちが》うからな）

現代日本をはじめとした先進国では、賄賂を贈る事も受け取る事も違法《いほう》とされている。

だが、地球でもアフリカや南米などでは、未《いま》だに袖の下を渡すなど日常茶飯事《にちじょうさはんじ》な地域が未だにあるのも事実だった。

現代の地球でもそうなのだ。

遥《はる》かに文明レベルの劣《おと》る大地世界は言うまでもないだろう。

確かに、褒《ほ》められた行為《こうい》ではないという認識を、ハルシオン侯爵を始めとした貴族達も持ってはいるだろう。

だが、長年の慣習を盾《たて》にされれば、そこまで糾弾《きゅうだん》される様なものでもないのだ。

しかし、収賄の代償《だいしょう》として、ザルツベルグ伯爵が長年行ってきた岩塩鉱の横領を黙認《もくにん》してきたとなると話はまるで変わって来る。

何しろ、このローゼリア王国の国法では、王家の所領から算出する資源は全て王家の物と定められており、その法を犯せば王家に対する不敬罪として死罪となる可能性もある。

具体的に言えば、王国内に点在している王家が所有している森では、狩猟《しゅりょう》はおろか平民が日々の生活の為に薪《まき》を拾う事すら禁止されている位だ。

これが資産価値の高い岩塩ともなれば、たとえ建国以来の名門貴族家であっても当主は死罪だし、家名断絶となるのは目に見えている。

（問題は、この女が、俺の話を理解しているかどうかだが……まぁ、予想通りの反応か……）

亮真は軽く視線をルピス女王へと向けた。

案の定、寝耳《ねみみ》に水《みず》な情報だったのだろう。

亮真の言葉をどう判断するべきか、迷っているのが手に取る様に見て取れる。

「やはり、そのお顔の色から察するにルピス陛下はウォルテニア半島にある岩塩鉱の話を知らなかった様ですね。そうですか……これほど大規模な横領でありながら、その事を誰一人《だれひとり》陛下へお知らせする人間が居ないとは」

亮真がユリア夫人から聞いた話では、この岩塩鉱は年間で金貨一万枚近くの利益をザルツベルグ伯爵家に齎せていたらしい。

亮真がウォルテニア半島を領有する際に、開発資金の名目でルピス女王から毟《むし》り取った金額が金貨五千枚だった事から考えても、相当な金額だと言える。

ましてや、金貨一万枚はあくまでもザルツベルグ伯爵家の利益でしかない。

取引相手の商会も幾《いく》つか間に挟《はさ》んでいるため、最終的な末端《まったん》価格を考えると、市場規模は数倍にも上るだろう。

しかも、未だ鉱脈が衰《おとろ》えを見せないというのだから、大したものだ。

もし、ルピス女王がこの鉱脈の存在を知っていれば、どんな事をしても王家の管理にしようとしただろう。

ローゼリア王国の治世を担《にな》う上で、金は幾らあっても足りないというのが正直なところなのだから。

「だから、貴方《あなた》はザルツベルグ伯爵《はくしゃく》を討《う》ったと？」

「えぇ……まぁ、他にも色々と理由はありますが……ただ、そんなザルツベルグ伯爵家から金を受け取っていた貴族院を信じられないという私の主張は極めて当然なものだと思いますが、陛下はいかがお考えでしょうか？」

それは御子柴亮真をこの機会に排除《はいじょ》したいルピス女王にとって甚《はなは》だ都合の悪い主張だった。

だが、亮真の言葉にはそれなりの説得力がある。

ルピス女王としても、亮真の言葉を単なる妄言《もうげん》だと切り捨てる事は難しいだろう。

「そうね……もし御子柴男爵《だんしゃく》の言葉通りであれば……ね」

「ありがとうございます」

亮真はルピス女王へ向かって深々と頭を下げた。

そんな亮真に対して、ルピス女王は苦虫を噛《か》み潰《つぶ》した様な表情を浮かべ小さく頷いて見せる。

表面上は平静を繕ってはいても、余程《よほど》腹に据《す》えかねているのだろう。

椅子の肘掛《ひじか》けを握り締《し》める手が小刻みに震えているところから見ても、ルピス女王の心境は言うまでもなかった。

（ただ問題は、その怒《いか》りが俺《おれ》に対してなのか、それとも横領をしていた貴族達《たち》に対してなのか……だ）

その怒りの矛先《ほこさき》がどちらへ向けられるのかによって、結果は大きく変わって来るだろう。

そんなルピス女王へ、傍《かたわ》らに控《ひか》えているメルティナが心配そうな視線を向けていた。

メルティナもまた、ルピス女王の性格をよく理解しているからだ。

(やはり悩《なや》んでいやがるな……)

亮真の目から見ても、ルピス女王は追《お》い詰《つ》められていた。

普通《ふつう》に考えれば、亮真の言葉は極めて自然であり当然だろう。

その事はルピス女王も理解はしている筈だ。

そして、真っ当な政治感覚を持っていれば、亮真への審問をこの場で打ち切りにした上で、貴族院側の腐敗を徹底的《てっていてき》に糾弾する事をメルティナ辺りへ命じただろう。

少なくとも、審問を一時的に休止した上で、亮真が持つという証拠の書類を提出させた筈だ。

だが、ルピス女王は再び口を閉ざし沈黙を守っている。

その心に渦巻くのは二つの心。

一つは御子柴亮真という男に対しての憎《にく》しみや怒りといった負の感情。

そしてもう一つは、国王としての正義だ。

だが、そんなルピス女王の葛藤は唐突《とうとつ》に終わりを迎《むか》える。

「茶番はそこまでにしていただこう」

そう言うとハルシオン侯爵は椅子から立ち上がると指を鳴らした。

その合図と共に、後方の扉が勢いよく開かれ、甲冑《かっちゅう》を身に着けた騎士の一団が抜《ぬ》き身《み》の剣を

手に部屋の中へと雪崩《なだ》れ込んで来た。

その数、十人程だろうか。

彼等《かれら》は亮真の周りを無言のままぐるりと取り囲む。

その体から放たれる気配から察するに、ハルシオン侯爵の命令があればこの場で亮真を殺すつもりらしい。

それも身のこなしから見てかなりの精兵。

この部屋の壁際《かべぎわ》に立ち並ぶ衛兵達と比較《ひかく》しても数段上の手練《てだ》れだろう。

しかし、そんな物騒《ぶっそう》な招かれざる客を見回しながら、亮真は楽し気な笑みを浮《う》かべる。

「こいつはまたどういう事ですかね？　その鎧《よろい》の紋章《もんしょう》から察するに、貴族院を守る騎士のようですが？」

その声に恐《おそ》れはない。

ただ、事実を事実として確認《かくにん》している様な態度だ。

そんな亮真の態度を横目に、ハルシオン侯爵は小さく舌打ちをした。

此処《ここ》が国王列席の公式の場である事を考えれば、非常に礼儀《れいぎ》知らずな態度だ。

だが、余裕を崩さない亮真の態度に苛《いら》立《だ》ちを覚えたのだろう。

亮真の問いにも答える気はないらしい。

そんなハルシオン侯爵に向かって、ルピス女王は困惑の色を隠《かく》せなかった。

「ハルシオン侯爵……これはいったい？」

震える声。

怯《おび》えと戸惑《とまど》いに満ちた声だ。

しかし、そんなルピス女王に対して、ハルシオン侯爵は悠然と嘯いて見せる。

「いえ、流石にこれ以上の審問は無意味だと思いまして。このまま続けたところで、あの男は自分の正当性を主張し続けるでしょうし……ね。ですが私もこの件に何時《いつ》までも関わっていられるほど、暇《ひま》な身でもないのです。どうしても今日中に結論を出してしまいたいのですよ」

「でも……証拠《しょうこ》の書類を見てみる価値は……」

「それでは、あの男の主張を信じて全てをやり直しますか？　勿論《もちろん》、陛下はこの国の国王。王権をもって命じられれば私も否《いな》やはございません……ですが……その場合は我々としても身の処し方を考えなくてはならなくなります」

そう言うと、ハルシオン侯爵は暗い笑みを浮かべた。

それは長年権力の座に居座《いすわ》ってきた人間の持つ業《ごう》であり闇《やみ》だ。

既に、最低限の体裁《ていさい》を整えるつもりもないらしい。

口調こそ臣下としての分を弁えた物だが、その意図は明らかだ。

ハルシオン侯爵の言いたいことを理解したのだろう。

ルピス女王は悔《くや》しそうに唇《くちびる》を噛み締める。

そんなルピス女王に対して、傍らに立っていたメルティナが素早く駆《か》け寄《よ》る。

そして、周囲に聞こえぬようにルピス女王の側に屈《かが》んだ。

「陛下、此処はハルシオン侯爵に従うべきかと……」

「でも……」

「いいえ、此処はあの男を確実に排除するべきです。確かにザルツベルグ伯爵家の横領に関しては調査が必要でしょうが、それはそれです。少なくとも、この場でハルシオン侯爵達を敵に回してまで追求する価値はありません」

善悪という意味からすれば、勿論真相を究明するべきなのはメルティナも理解している。

だが、それをすれば貴族院を敵に回してしまうのは確実だ。

場合によっては、貴族派全体にも影響《えいきょう》を及《およ》ぼすだろう。

そのリスクを負って迄《まで》、この審問を取りやめる必要はない。

(それよりも、この場はあの男の息の根を止めるべき)

メルティナは今回の策の為に、少なくない犠牲《ぎせい》を支払《しはら》っている。

そして、それはルピス女王も同じだ。

それもこれも、御子柴亮真という男から祖国を守る為。

その最後の詰めで対応を誤る訳にはいかない。

そんなメルティナの思いが伝わったのだろう。

メルティナの視線を避《さ》ける様にルピス女王は小さく頷いた。

自らの良心から目を背《そむ》けるかの様に。

ルピス女王とメルティナが交わした会話の成り行きを無言のまま見守っていたハルシオン侯

爵が深く頷く。

その顔に浮かぶのは一抹《いちまつ》の安堵《あんど》の色だ。

勿論、こうなる結果は見えていた話ではある。

亮真の予想通り、この審問は亮真を排除したいと考えているルピス女王と貴族院とが手を結んだ茶番劇なのだから。

だが、ルピス女王の気持ち一つで全てがひっくり返る可能性があったのもまた事実だ。

その事を、ハルシオン侯爵自身も理解していたのだろう。

その可能性が潰《つい》えてホッとしたと言ったところだろうか。

そして今、ハルシオン侯爵は自らの勝利を確信している筈だ。

そんな敵の姿に、亮真は思わず憐《あわれ》みを覚えた。

(今は手を組んでいるようだが、ハルシオン侯爵にとってもある意味では博打《ばくち》だった訳だ。やはりあの女はイレギュラー過ぎるって事だな……)

ルピス・ローゼリアヌスは善人だし良識を持った人間だ。

しかし、だからこそ政治的な判断を下す場面では容易《たやす》くボロが出る。

今回も亮真の言葉を聞いて心が揺れ動いたのがその表れだ。

そう言う意味からすれば、ルピス女王の動揺を見事に抑え、決断を促《うなが》したメルティナの判断と行動力は実に見事と言えるだろう。

それは亮真の忌憚《きたん》のない賞賛であり評価だ。

（あっちは大分成長したみたいだな……まぁ、それも当然か）

亮真がはじめて出会った頃《ころ》のメルティナ・レクターはお世辞にも有能とは言えなかった。

騎士《きし》としての正義や道徳に固執《こしつ》しており、人の気持ちを考える事も出来ない様な人間。

武人としてはそれなりに有能であったし、ルピス女王の側近として類まれな忠誠心を持っている事に関しては周囲から異論が出る事はないだろうが、逆に言えばそれだけでしかない。

人の上に立つ将としては完全に無能な女。

先の内乱時、当時中立を維持《いじ》していたベルグストン伯爵を王女側へ引き入れる為に説得を行った際にも、正当な王位継承者《けいしょうしゃ》への忠誠を求めるだけで、なんの報酬《ほうしゅう》も提示しなかった事があるが、当時のメルティナという女を理解する上で良い一例と言えるだろう。

だが、そんな騎士道《きしどう》精神に溢《あふ》れるメルティナ・レクターという女は、既に存在しないらしい。

「ハルシオン侯爵……」

そして、メルティナはゆっくりと立ち上がりながらハルシオン侯爵に向かって小さく頷いて見せる。

勿論、その意図するところは一つしかない。

「どうやら結論は出たようですな……それでは……」

メルティナの視線を受け、ハルシオン侯爵は亮真の方へと向き直る。

その顔に浮かぶのは勝利の笑み。

目障《めざわ》りな成り上がり者を排除出来る事への歓喜《かんき》だ。

「色々と小細工を弄《ろう》していたようだが、結局は徒労に終わったようだな。御子柴男爵。貴殿に対しての審問はこれにて決した」

実際、国王であるルピス女王の態度を見れば、これから下される結論は火を見るよりも明らかだろう。

ルピス・ローゼリアヌスは決断したのだ。

正義や公平さに目を瞑《つぶ》ってでも、恐怖《きょうふ》の芽を排除すると。

そんなハルシオン侯爵の勝利宣言に対して、亮真は肩《かた》を竦めて見せた。

「その様ですね……実に残念な事ですが」

御子柴亮真は智謀《ちぼう》に優《すぐ》れ、人の心理を操《あやつ》る術を心得ているが、流石《さすが》に今の状況《じょうきょう》から、もう一度ルピス女王の決断を覆《くつがえ》す事は出来ないだろう。

つまり、今回行われた審問によって、御子柴亮真という男のとった行動は問題だと、国王の前で正式に判断されたのだ。

勿論、審問はあくまでも裁判を開くかどうかを判断するべき場所でしかない。

一応ローゼリア王国の国法に因れば、貴族家に対しての処遇《しょぐう》は後日王宮内で行われる裁判をもって正式に決められる事になってはいる。

だが、それは殆《ほとん》ど形式的なものでしかない。

貴族院が提言を行い、国王が裁可する。

その結果下される判決など、予想出来ない筈がない。

しかし、それが分かっているにも拘《かか》わらず、御子柴亮真は平静を保っていた。

そんな亮真の態度にハルシオン侯爵は小さく首を傾げる。

「ふむ……言葉ほどには残念がっている様には見えないが……まぁ、結論は既に出たのだ。これ以上、つまらない虚勢《きょせい》を張る必要はない」

そう言うと、ハルシオン侯爵は亮真の周りを取り囲む騎士《きし》達《たち》に向かって小さく頷いて見せる。

そんなハルシオン侯爵に向かって、亮真は首を傾げて尋ねた。

「これからどうするつもりか、お聞きしても？」

「なぁに、この場はあくまでも審問《しんもん》なのでね。御子柴男爵家の処遇に関しては、後日行われる裁判で決定する事になるだろう。それまではこの城の北にある塔《とう》へ幽閉《ゆうへい》させてもらうだけだ」

「罪人を幽閉するというあの塔ですか……」

亮真の問いにハルシオン侯爵は愉快《ゆかい》そうに笑い声をあげた。

「その通りだ。どうやら貴殿もあの塔の事は知っているようだな」

「ええ、一度あそこに送られれば、二度と陽《ひ》の目を見る事はないとか？」

貴族階級の人間が罪を犯した場合、死罪などにならない程度であれば、大抵《たいてい》は他家へその身《み》柄《がら》を預けられる事になる。

まぁ、形式上では罪人ではあるが、ある程度は賓客《ひんきゃく》として遇《ぐう》される。

貴族とは良くも悪くも、特権階級だし、大半が血縁《けつえん》関係を結んでいることを考えると、広義での身内といってていいのだから。

しかし、死罪を受ける可能性のある重大な犯罪の場合は、貴族階級であってもその身柄を拘《こう》束《そく》する必要があるのも確かだろう。

特に、相手が逃亡《とうぼう》する可能性がある場合などは、如何に身内といえども甘《あま》い処遇は出来ない。

ただ、問題はそんな特権階級である貴族を拘束する場所だ。

だから、ローゼリア王国には貴族を収監《しゅうかん》する牢屋《ろうや》が二ヶ所《かしょ》存在している。

一つは、城の南側に建てられた塔。

こちらは、牢屋とはいっても、普段《ふだん》我々がイメージする牢屋とは大分趣《おもむき》が違う。

流石に家人を連れてはいけないが、専用のメイドなどが任命され、身の回りの世話などもして貰《もら》う事が出来る。

食事に関しても、最高品質とは言えずとも、城勤めの料理人が作るそれなりの品が提供されるし、衣服に関しても華美《かび》ではないが貴族としての体面はある程度考慮《こうりょ》されていた。

最高級の五つ星ホテルを利用し、上《あ》げ膳据《ぜんす》え膳《ぜん》でもてなされる事が当然としてきた人間から見れば地獄《じごく》なのかも知れないが、一般的《いっぱんてき》なホテル以上の待遇《たいぐう》は保障されていると言えるだろう。

牢屋というよりは賓客を遇する為の施設《しせつ》といった方が良いだろうか。

(それに対して、北の塔は待遇が全く違っている)

亮真が伊賀崎《いがさき》衆に調べさせた情報から推察するに、北の塔の実態は牢屋というよりも処刑《しょけい》場《じょう》という方が正しいだろう。

そもそもとして、一般的な貴族が北の塔に送られる事は無い。

北の塔に収監されるのは、貴族階級でも到底許容出来ない様な凶悪《きょうあく》な罪を犯した極めつけの犯罪者が対象だ。

具体的に言うと、正当な跡目《あとめ》を殺して家督《かとく》を奪《うば》い取《と》った事が表ざたになった場合などだろうか。

家督争いなど貴族階級にとっては日常茶飯事とも言えるのだが、それが表ざたになっても問題視されないというのは流石にあり得ない。

貴族階級にとって血縁や縁戚《えんせき》と言うのは何よりも重要視される要素の一つなのだから。

まぁ、それは裏を返すとバレなければ黙認されるという事でもあるのだが、それは今更《いまさら》だろう。

他に収監されるものと言えば、ローゼリア王国に反逆したと目される様な政治犯などだろうか。

この場合、本当に王国に対して反逆したかどうかは問題ではない。

そう判断された段階でアウトだ。

ただ、どちらの場合でも一つだけ共通点がある。

それは、現行のローゼリア王国という国の体制を維持するという観点において、邪魔《じゃま》であり許容出来ない存在だという点だ。

だから、まず基本的に北の塔に収監された人間が解放される可能性は皆無《かいむ》。

何人かは、正式な裁判を終えて刑場《けいじょう》の露《つゆ》と消えていった人間も居るにはいるが、大半はそのまま獄中《ごくちゅう》で死を迎えている。

これが、劣悪《れつあく》な環境故《かんきょうゆえ》なのか、人知れず拷問《ごうもん》か処刑《しょけい》をしているのかは誰《だれ》も知らない。

その答えを知っているのは、北の塔を管理する貴族院の中でも上層部だけだろう。

ただ、ハルシオン侯爵の目を見ても結末は容易に想像がついた。

「成程《なるほど》……」

「ご不満かね？」

亮真の呟《つぶや》きにハルシオン侯爵は首を傾《かし》げる。

「逆に聞きたいのだが、貴殿はこの場で釈明《しゃくめい》出来ると本気で考えていたのかね？　もし、そうだとしたら知恵者《ちえもの》という評判も見掛《みか》け倒《だお》しとしか言えないな。第一、この場にのこのこ出向く時点で底が知れるというものだ。それとも、この状況から切り抜ける手立てがあるのかな？」

そう言うと、ハルシオン侯爵は亮真の周りを固めていた騎士達へ向けて目配せをする。

その合図に従い、周囲の騎士達は一斉《いっせい》に身構えた。

亮真が何か行動を起こせばすぐに斬《き》りかかってくるつもりなのだろう。

「貴殿は知らないだろうが、この部屋にはとある術式が施《ほどこ》されている。そう、法術の発動を阻《そ》害《がい》する術式だ。この部屋の中では武法術も文法術も発動しない。その上、周囲を騎士達に囲まれた上に丸腰《まるごし》ではなぁ。武人としても名高い貴殿の事だ。最後には力で切り抜けようなどと考えているのかもしれないが、それは不可能だと忠告だけはしておこう」

実際、この審問を行う広間には様々な術式が施されている。

たった今、ハルシオン侯爵が口にした法術の発動阻害以外にも、外部からこの部屋へ直接転移をする事は出来なくなっているし、部屋を囲む壁《かべ》には硬度《こうど》の強化などが施されている。

この広間の中では、ロベルトやシグニスといった強者であっても武法術を使う事は出来ない。

彼等の様な怪物《かいぶつ》であってもただの人だ。

「まぁ、良い。それでは、貴族院の長として言い渡す。ローゼリア王国国王、ルピス・ローゼリアヌス様の御裁可《ごさいか》によって、貴殿の今回の行動に正当性がない事が決定した。今後の処遇に関しては後日開く裁判にて正式に決める事となるが、それまでは貴族としての地位と権利を停止の上、北の塔に身柄を拘留《こうりゅう》させてもらう事とする」

そして、ハルシオン侯爵は言葉を一度切ると、周囲の反応を見回しながら笑う。

「さて……それでは最後に……御子柴殿から我々に言いたい事があればお聞きしたいと思うが、皆《みな》さんはどうだろうか？　もう二度とこの若き英雄殿《えいゆうどの》とお会いする事も無いと思う。だが折角《せっかく》の機会なのだ。最後ぐらいはなにか今のお気持ちでも聞いておくのは悪くないと思うのだが？」

その問いに、周囲の貴族から笑い声が上がった。

「成程！　それは良いお考えだ」

「うむ、如何に被害妄想《ひがいもうそう》じみた主張とは言え、此処は耳を傾《かたむ》けてしかるべきでしょうな。二度とこのような事が起こらないようにする為《ため》に」

勿論、亮真の心情を聞く事自体が悪い訳ではないだろう。

しかし、彼等が口にした言葉は明らかに嘲笑《ちょうしょう》と悪意を含んでいる。

第一、彼等は亮真が自分達の問いに答えるなどとは微塵も考えてはいない。

自分達を批判し、貴族としての常識や慣習を無視してきた御子柴亮真という男に屈辱《くつじょく》を与《あた》えたいだけの事。

敗者のくやしさや憤《いきどお》りを聞いて、笑ってやろうという魂胆《こんたん》なのだろう。

だが、そんな周囲の嘲笑と侮蔑《ぶべつ》のまっただなかにいながらも、御子柴亮真の様子は変わらなかった。

そして、軽く肩を竦めると、亮真はおもむろに口を開く。

「そうですねぇ……では、今更言う事もないのですが、ハルシオン侯爵のお言葉には幾つか過《あやま》ちがあるので、それを訂正《ていせい》させていただきましょうか……侯爵が言われるように折角の機会ですし……しね」

「過ち……？　私がかね？」

亮真の言葉にハルシオン侯爵は思わず首を傾げた。

それは、成り行きを見守る貴族達にしても同じだった。

しかし、そんな周囲の戸惑いを他所《よそ》に、亮真は左手の人差し指を立てて周囲に見せつつ言葉を続ける。

「えぇ、まず一つ目。たとえ武法術が使えなくても、皆さん程度ならば簡単に殺す事が出来ます」

その言葉と同時に亮真は目の前で剣《けん》を構える騎士へ向かって歩き出した。

それは、実に自然な動き。

歩く速度としては早くもなく、遅《おそ》くもなくと言ったところか。

そして、間合いを詰めた亮真の右手の掌《てのひら》が、鎧に覆《おお》われた騎士の腹部に添《そ》えられた。

勿論、それは打撃《だげき》ではない。

文字通り、ただ体に触《ふ》れただけ。

通常と異なる点があるとすればそれはただ一点。

騎士の体に掌が触れたかどうかという一瞬《いっしゅん》に、ほんの少し亮真の巨体《きょたい》が床《ゆか》に沈《しず》んだように見えたことくらいだろうか。

それも、ハルシオン侯爵を始めとした、誰から見てもそう感じたというレベルの物に過ぎない。

だが次の瞬間、掌を添えられただけの筈である騎士が、うめき声を上げながら床へ倒《たお》れた。

大量の血反吐《ちへど》と共に。

誰もが目の前の光景に言葉を失う。

あまりにも想定外の光景に脳の処理が追い付かないのだ。

確かに、亮真の体格からすれば騎士を殴《なぐ》り飛《と》ばす事は出来るかもしれない。

しかし、ダメージと言う意味からすると、あまり意味のない行為と言える。

少なくとも、鎧の上から殴ったところで、通常ならば致命傷《ちめいしょう》など与えられる筈《はず》がないのだから。

だが、目の前の光景は、そんな常識をはるかに超《こ》えていた。

この場において、最も冷静で平静を保っているのはただ一人。

そして、そのただ一人の男は悠然《ゆうぜん》と嘯《うそぶ》いて見せる。

「おっと、失礼。簡単にと言うのは少しばかり嘘《うそ》でしたね……いやぁ、私の祖父なら皆さんの様な素人《しろうと》など文字通り一撃《いちげき》で殺せるんですが……未熟者でお恥《は》ずかしい限りです。まぁ、胃が破れているので放っておいても適切な治療《ちりょう》をしなければ死ぬ事になりますが……ここはやっぱり武士の情けとして介錯《かいしゃく》をして差し上げるべきですよね」

そう言いながら、亮真は照《て》れ臭《くさ》そうに頬を掻《か》くと、血反吐に塗《まみ》れながら床の上で激痛に身をよじる騎士の後頭部を踏《ふ》み砕《くだ》いた。

まるで、足元に蠢《うごめ》く虫を踏み潰すかの様に。

その光景の前に、誰もが言葉を発する事が出来なかった。

それは、脳が目の前の光景を理解しきれていない為に起こる、一時的な停止状態だ。

いや、或いは蛇《へび》に睨《にら》まれた蛙《かえる》の様な物と形容した方が分かりやすいかもしれない。

その証拠に、亮真を取り囲んでいた騎士達は、ジリジリと後方に後退《あとずさ》り間合いを取ろうとしている。

彼等は本能的に察してしまったのだ。

自分達が目の前に悠然と笑《え》みを浮かべながら立つ男と比べて、圧倒的《あっとうてき》な弱者であり捕食《ほしょく》されるだけの存在なのだと言う事を。

そんな彼等の心の間隙《かんげき》を縫《ぬ》うかのように、亮真は二本目の指を立てた。

「そして、二つ目の間違《まちが》い……確かにいつも持っている愛刀は手元にありません。廷吏《ていり》の方に没収《ぼっしゅう》されてしまいましたからね。ですが、だからと言って別に丸腰って訳でもないんですよ」

その言葉と同時に、亮真を牽制《けんせい》していた三人の騎士が次々に構えていた剣を床に落とし手で顔を覆う。

彼等の口から苦悶《くもん》の声が零《こぼ》れ、顔を覆う手の隙間《すきま》から赤い血が床へと滴《したた》り落《お》ちた。

「な、何を……突然《とつぜん》どうしたのだ！」

床に蹲《うずくま》りうめき声をあげる騎士達。

その光景にハルシオン侯爵達は戸惑いを隠せない。

勿論、亮真が何らかの手段で騎士達を攻撃《こうげき》した事は分かっている。

問題は、その手段だ。

少なくとも、彼等の目には亮真の体が動いた様には見えなかった。

その時、うめき声を上げて蹲る同僚《どうりょう》に駆け寄った騎士の一人が、床から何かを摘《つ》まみ上げる。

「これは……金属の珠《たま》？　それにこの色……まさか金か？」

それは、パチンコ玉を一回りくらい大きくした様な金属製の球体だ。

「こっちにもあるぞ？　何か、濡《ぬ》れているが……」

血ではない。

粘性《ねんせい》のある透明《とうめい》な液体だ。

あまり日常ではお目にかからない様な液体の存在に、彼等は戸惑いの色を浮かべる。

だが、彼等がその液体の正体について知る事は永遠になかった。

未だに状況のつかめていない騎士の一人に向かって亮真はごく普通に歩み寄ると、だらりと下げていた右手を鞭《むち》の様に右下から左上へ向かって振って見せる。

軌道《きどう》としては剣術《けんじゅつ》で言うところの左切り上げに近いだろう。

もっとも、両者の間合いは既《すで》に二メートル近い。

剣や槍《やり》ならば余裕《よゆう》で届くだろうが、素手《すで》の間合いから外れていた。

だが、亮真が腕《うで》を振るった瞬間《しゅんかん》、騎士の頭部が嫌《いや》な音を立てながら砕ける。

それはまるで、割れたザクロの様な有様。

「それに、武器が一つだとは限りません」

そう嘯く亮真の手に握《にぎ》られているのは、両端《りょうたん》に分銅の着いた細長い鎖《くさり》だった。

長さにして、凡《およ》そ一メートル弱と言ったところだろうか。

一見したところ、ごく普通の鎖だ。

少なくとも、この鎖を見て武器だと感じる人間は少ない。

その理由の一つは、鎖を形成する鎖素子の一つ一つがそれほど大きくない為だろう。

武骨さよりも、洗練されたアクセサリーの様に見えるのだ。

だが、その凶悪さは言うまでもない。

それこそ、戦槌《ウォーハンマー》などの鈍器《どんき》で殴られたのと同じくらいだろうか。

「なんだそれは！　どこから出した！　武装解除はしたはずだぞ！」

ハミルトン伯爵が椅子《いす》を蹴倒《けたお》して立ち上がった。

それも当然だった。

貴族院内の警備などを取りまとめているのはハミルトン伯爵なのだ。

当然、そこには廷吏の監督《かんとく》管理も含まれる。

そして、配下の失態は上司であるハミルトン伯爵にも累《るい》が及ぶのは必然だろう。

いや、責任云々《うんぬん》よりも今は、己《おのれ》自身の命が危機に瀕《ひん》しているという方が問題だ。

だが、そんなハミルトン伯爵の言葉に、亮真は軽く肩を竦めて見せる。

「ええ、武装解除を命じられた後に身体検査まで受けましたよ？　もっとも、俺の体を調べた担当の方には鎖が武器には見えなかった様ですけどね」

亮真は敵地に等しい貴族院の審問に臨《のぞ》む際に、出来うる限りの準備をしてきた。

そして、その準備の中には自らの身を守る為の算段も含まれている。

（悪くない……付与《ふよ》法術も問題なく起動している……）

貴族院直属の騎士団《きしだん》以外はこの建物の中に武器を持ち込めない事は事前に把握《はあく》していた。

そして、その対策が必要なことも。

例えば、先ほど中国武術で言うところの指弾《しだん》と呼ばれる暗器術を用いて騎士の目を射抜《いぬ》いたが、その際に使用した球体の正体は亮真が右手に巻いていたブレスレットを構成していた玉。

簡単に言えば数珠珠《じゅずだま》だ。

あまり大地世界で男性が身に着ける一般的なアクセサリーではないのだが、金を使用した事で身体検査を受けた際にも装飾品《そうしょくひん》として持ち込みを認められている品だった。

(まぁ、東方大陸から交易で入手した品だとでも言われれば、爵位《しゃくい》を持たない廷吏《ていり》程度の権限で没収するのも不可能だろうし……逆に、規定通り俺の身体検査を実施《じっし》しただけでも、彼等にしてみればかなり危険な行為だった筈だしな)

廷吏《ていり》達《たち》も貴族院の上層部が抱《いだ》く思惑《おもわく》を薄々《うすうす》理解していただろうが、それでも救国の英雄《えいゆう》と目される男を相手にするのは彼《かれ》らにとってかなりの冒険《ぼうけん》だったのは間違いないだろう。

実際、こういった装飾品の持ち込みを完全に禁止するのは難しい。

規則に準じた強制的な没収を行うと、後で面倒《めんどう》な事にもなりかねないのだ。

良くも悪くも貴族とは自分が特別扱《あつか》いを受けて当然と考えるから。

勿論、廷吏の職務として考えればそういった装飾品を没収するのは正しい処理の仕方だろう。

だが、その正しい事を実行させる為には、規則に準じて没収した事に因り生じる諸々《もろもろ》の問題から貴族院が守ってくれるという確固たる信頼《しんらい》が必要となる。

現代日本で言えば、警察官による職務中の拳銃発砲《けんじゅうはっぽう》などに近いだろうか。

職務に準じただけなのに、マスコミや市民団体が武力の過剰《かじょう》行使だと叩《たた》き捲《まく》る事によって、警察上層部が謝罪に追い込まれるアレだ。

それでも、ほとんどの場合は左遷《させん》や人事考課で不利になる程度の代償で済む。

依願《いがん》退職や懲戒解雇《ちょうかいかいこ》になるまで追い込まれるケースはかなり限られるし、刑事《けいじ》事件として立件される可能性はもっと低いだろう。

それに、日本の警察官が拳銃《けんじゅう》を使用するという選択《せんたく》をするのは、発砲《はっぽう》しなければ自分や第三者の命が奪われかねないというようなきわめて緊急度《きんきゅうど》の高い状況がほとんどだ。

そういった極限状況であれば、左遷や退職程度のリスクは甘受《かんじゅ》するしかないだろう。

だが、大地世界ではそんな甘い処分では済まない。

文字通り命を掛《か》ける可能性がある。

いや、場合によっては自分だけではなく、家族や親類縁者《えんじゃ》すらも危険にさらされる羽目になるだろう。

貴族階級と平民の間には大きな壁が存在するが、同じ貴族階級でも貴族の血を引いているだけの人間と、爵位を持つ人間とではやはり超えられない壁が存在している。

そして、亮真が伊賀崎衆に調べさせた情報では、貴族院に属する廷吏の中で、爵位を持つ人間はただの一人も存在していないのだ。

勿論、それは不確定な未来ではある。

案外、ハミルトン伯爵当たりから報酬《ほうしゅう》をもらえる可能性だってあるだろう。

だが、その不確定な未来予想が外れたときの悲惨《ひさん》さは筆舌《ひつぜつ》に尽《つ》くしがたい。

そして、そんな危険を許容してまで職務に忠実な人間など、存在するはずがなかった。

(結局、組織が部下を守らなければ、部下は自分の身を守るために保身へと走る。まぁ、異世界だろうと人の本質っていうのは変わらないらしい。良くも悪くも……まぁ、何事にも絶対に

居ないとも言い切れやしないけれども……な）

人間は利己的である反面、正義や義務の為に命を懸《か》ける事もある。

とはいえ、そんな例は極《きわ》めて少ないのが現実だ。

だからこそ、その数少ない実例が美談としてもてはやされるのだから。

そんな事を考えながら、亮真は手にした万力鎖の回転数を上げた。

空を切る音が広間に響《ひび》き渡《わた》る。

（実にしっくりくる……実戦と訓練とでは微妙《びみよう》に感触《かんしよく》が違ってくるから、多少は心配していたんだが……問題なさそうだな）

ハルシオン侯爵達は知らないが、暗器として用いる万力鎖としては少し長めだ。

だが、一つ一つの鎖素子が小さめの為、長さのわりにまとめれば片手で握れるほどコンパクトにもなる。

携帯《けいたい》の利便性と、取り回しの容易さを追求した武器と言えるだろう。

ただ、コンパクトであるという事は、裏を返すと軽量で細いという事でもある。

勿論、暗器本来の意味からすれば、それらの要素は決して悪い事ではない。

敵に武器の存在を悟《さと》らせない事に因《よ》る奇襲《きしゆう》効果や、刀剣《とうけん》の類を持ち込めない警備の厳重な場所に武器を持ち込めるという点こそが、暗器の最大の利点なのだから。

だが、殺傷力という点では刀剣などの武具に比べて劣る事も確かだ。

暗器に用いられる武具の多くが毒を併用《へいよう》するのも、暗器単体では殺傷能力と言う点でどうしても劣るのを改善しようとした結果だろう。

だから、如何《いか》に騎士達が指弾による奇襲によって動揺《どうよう》していたとはいえ、普通の万力鎖では兜《かぶと》で頭部を覆っている騎士達の頭蓋骨《ずがいこつ》をあれ程《ほど》容易《たやす》く打《う》ち砕く事は難しかったに違いない。

しかし、亮真が手にしている万力鎖はそういった暗器特有の殺傷能力に劣るという欠点を補う手段が施されている。

(色々と注文を付けた所為《せい》で、ネルシオスさんには随分《ずいぶん》と面倒を掛けたが……それだけの価値はあったって事だな)

その手に感じるのは鈍器として用いるのに十分な武器としての重さ。

そして、亮真の意思と生気《プラーナ》の消費によって、最大で二十倍以上も重くする事が出来るし長さもある程度調整が利《き》く様に出来ている。

勿論、それはウォルテニア半島に暮らす闇エルフ達が保有していた、付与法術によって得られたものだ。

「それで、どうされます。随分と腰《こし》が引けてきているようですが……まさか、私が皆さんのだした命令に黙《だま》って従うとでも、本気で考えておられたのですかねぇ?」

そういいながら、亮真はハルシオン侯爵達《こうしやくたち》の方へと歩みだす。

それはまるで王者の行進。

彼の体からあふれる何かに、周囲の人間達は気圧《けお》されていた。

そんな亮真に対して、極限まで膨《ふく》れ上がった恐怖が金縛《かなしば》りにあったかの様に硬直《こうちよく》していたハルシオン侯爵《こうしゃく》の体を突《つ》き動かす。

「な……何をしている！　お前達！　殺せ！　その男を殺してしまえ！」

ヒステリックな叫《さけ》びが広間に響く。

先ほどまでの余裕などかなぐり捨てた見苦しい声だ。

だが、そんなハルシオン侯爵を嘲笑《あざわら》う者は居ない。

この場に居る貴族院の誰もが同じ思いを抱いているのだ。

だが、ハルシオン侯爵の命令に従うそぶりを見せる騎士は居ない。

勿論、命令に従おうという気持ちはあるのだろうが、現実的には体が動かないのだ。

「下がれ！　間合いを取るんだ。一度態勢を立て直せ！」

自らの任務に対しての使命感からか、あるいは単なる恐怖故《きょうふゆえ》の事かは分からないが、亮真へ剣先《けんさき》を向けながら威嚇《いかく》していた騎士の一人が叫んだ。

だが次の瞬間、鈍《にぶ》い打撃音《だげきおん》が響き渡り騎士の顔が爆《は》ぜた。

空を見上げながら騎士の体が音を立てて床へと崩《くず》れ落ちる。

いや、彼だけではない。

残った騎士達も皆、一人また一人と血飛沫《ちしぶき》をまき散らしながら同じ末路を辿《たど》る。

うなりを上げて空を切り裂《さ》く万力鎖。

それはまるで演武でも見ている様な光景。

前後左右を所狭《ところせま》しとばかりに分銅が飛び交《か》い、亮真の周りに一種の結界を作り出している。

攻防《こうぼう》一体となったそれは、言うなれば悪意ある人の作り出した竜巻《たつまき》とでも言ったところだろうか。

そして、その竜巻の範囲内《はんいない》へ一歩でも足を踏み入れれば、訪《おとず》れる未来は一つだけだ。

だが、だからと言って間合いを取れば安全という物でもない。

この竜巻はその影響範囲《えいきょうはんい》を亮真の意思一つで容易に変化させる。

単純に円形の結界ではなく、時には矢の様に敵を撃《う》ち抜く事すら可能なのだ。

「化け物め……」

誰かの口からそんな言葉が零れる。

それは、この場に居る誰もが心に浮かべていた言葉。

圧倒的に優位だった状況が目の前であっさりとひっくり返されている光景に、ハルシオン侯爵をはじめとした貴族院の面々の体は震《ふる》えていた。

彼らにしてみても、亮真が多少の手向かい位はしてくると考えてはいたのだ。

そして、その亮真の悪あがきをみて嘲笑うつもりだったのだ。

何しろ相手は【救国の英雄】とも謳《うた》われる武人なのだから、最終的には手向かってくる可能性は十分に考えられたし、だからこそ法術の発動を阻害する陣《じん》を敷いたこの部屋を審問に使ったのだ。

本来貴族階級に対してはそこまで厳密に行われない身体検査を廷吏達に厳命したのも同じ理由だ。

しかし、ここまで傲然《ごうぜん》と武力に訴《うった》えてくるとは思いもしなかった。

その時だ。ハルシオン侯爵の目が壁際に立ち並ぶ衛兵達をとらえた。

「くそ！　何をぼさっと突っ立っている！　貴様らもあの男を止めろ！　止めるのだ！」

ハルシオン侯爵にすれば当然の反応だろう。

如何に御子柴亮真の行動が想定外だったからと言って、衛兵が何時までも棒立ちでは困るのだから。

だが、そんなハルシオン侯爵の怒号《どごう》を向けられても、壁際に立ち並ぶ衛兵達に動きはない。

文字通りの直立不動。

いっそ人形かと問いたくなるほど、見事なまでに反応がないのだ。

「なんだ貴様ら！　侯爵閣下の命令が聞こえないのか！」

そんな衛兵達の態度にいら立ったのだろう。

椅子に座《すわ》ったまま成り行きを黙って見守っていた貴族の一人が突然立ち上がる。

そして、虎《とら》の威《い》を借る狐《きつね》とばかりに近くにいた衛兵の一人に掴《つか》み掛かった。

「何をぼやぼやしている！　さっさとあの男を取り押《お》さえないか！」

その貴族にしてみれば、当然の命令だったのだろう。

また、その主張はこの広間にいる大多数の人間にとっても同じ思いだったに違《ちが》いない。

だが、その思いは予想もしない形で裏切られる。

「耳障《みみざわ》りな声だな……」

それは、亮真の口から零れた短い言葉。

誰に対して向けられた言葉かすら分からない様なただの呟き。

だが次の瞬間、衛兵に掴み掛かった貴族の首が宙を舞《ま》った。

「な、何を！」

成り行きを見守る貴族達《たち》の誰かから、そんな言葉がこぼれた。

彼らの目に映るのは、首を切断された仲間の体と、その横に立つ衛兵の姿。

その手に握られた血塗《ちぬ》られた剣を見れば、何が起こったのかなど今更問うまでもなかった。

ただし、だからといって彼らが自分の目に映る光景を本当の意味で理解しているとは言えないだろう。

実際、彼らにしてみれば、先ほど亮真が見せた惨劇《さんげき》以上の衝撃《しょうげき》を受けた。

何しろ、ついさっきまで壁に立ち並ぶ衛兵達は、間違いなく自分達の味方だったのだから。

その味方の手で貴族院の人間が殺されたとなれば、状況を理解出来なくても致《いた》し方《かた》ない。

そして、その心には自らの命を失うかもしれないという恐怖が渦《うず》を巻いていた。

何しろ、彼らの目の前には自分達が持つ爵位という貴族としての特権を考慮《こうりょ》するそぶりすら見せない鬼《おに》が居るのだ。

その鬼を制圧できるかもしれない救いの綱《つな》が、救いではなかったとなれば茫然自失《ぼうぜんじしつ》なのも当然だった。

そして、そんな周囲の動揺を亮真は声を上げて嘲笑う。

「いやぁ、実に愉快です。自分の有利を信じて疑わない傲慢《ごうまん》な方々の幻想《げんそう》を粉微塵《こなみじん》に打ち砕くのは……ね」

そして、亮真は周囲に見せつけるように左手を高々と上げる。

その合図に、壁際《かべぎわ》に立ち並ぶ衛兵が一斉に腰の剣を抜《ぬ》き放った。

それだけで、衛兵達が誰の命令に従っているのかが分かるだろう。

そして、何故《なぜ》亮真がそこまでの仕込みをしてきたという事の意味も……

(買収？　脅迫《きょうはく》？　いや、それよりも問題は……この男、本気でローゼリア王国と……)

その答えが心に浮《う》かんだ瞬間、ハルシオン侯爵の背筋に冷たい物が流れ落ちた。

そして、同じ答えに周囲もたどり着いたようだ。

「貴様達……まさか」

「成り上がり者が我らを……」

それは、今更改めて問うまでもない問いだ。

だが、それでも彼らはその言葉を口にせずにはいられなかった。

そして、狂《くる》ったように怒声《どせい》をあげる。

勿論《もちろん》、既に大勢は決しているのは彼らも理解していた。

その結果、自分達の未来がどうなるのかも……

彼等《かれら》は人間的に限りなく下種《げす》で屑《くず》なのは事実だが、愚鈍《ぐどん》ではない。

この大地世界では最高峰《さいこうほう》ともいえる教育を受け、貴族院という王国の中でも指折りの勢力を維持してきた事ことから見ても、それは紛《まぎ》れもない事実だろう。

当然、今更声を張り上げたところで、何の意味もない事など彼等は理解している。

しかし、彼等の貴族としてのプライドがその事実を認めないのだ。

そんな彼らに対して、亮真は振《ふ》り上げた手を振り下《お》ろす。

それは、断罪の刃《やいば》。

椅子を蹴倒して逃《に》げ出《だ》そうとした貴族の背中に、衛兵の剣が深々と突き刺《さ》さる。

ハミルトン伯爵《はくしゃく》など腕に覚えのある貴族達の一部は衛兵の剣を奪い取ろうと抵抗《ていこう》したが、逆に一刀の下に切り伏《ふ》せられ床に沈んだ。

そんな中、ハルシオン侯爵は自らの命を最優先に守る為に椅子を蹴倒して走り出す。

目指す先にあるのは、ルピス女王がこの広間に入場した際に使った隣室《りんしつ》へとつながる扉《とびら》。

しかし、ほんの数メートル走っただけで進路を塞《ふさ》がれる。

そして、そのまま壁際へと追《お》い詰《つ》められていく。

「レクター卿《きょう》！　あの男を！　あの化け物を何とかしてください！」

ハルシオン侯爵がルピス女王の傍《かたわ》らから離《はな》れようとしないメルティナの名を叫んだ。

既に彼の周囲は抜き身の剣を手にした衛兵達が取り囲んでいる。

しかし、そんな悲痛な叫びを聞いても、メルティナはハルシオン侯爵を助けようとはしない。

ただ、亮真の凶行《きょうこう》を目にして体を震わせる己が主の体を支えるだけだ。

「さて、それでは仕上げと行きましょうか……殺せ」

次の瞬間、無数の剣がハルシオン侯爵の体を貫《つらぬ》いた。

多くの貴族や騎士達が物言わぬ躯《からだ》と化し、審問の間の床に倒れ伏《ふ》す。

首を切り飛ばされた者、胸を切り裂かれた者。中にはザクロの様に頭部を砕かれ脳が外にこぼれてしまった者もいる。

そして要因は様々だが、その結果はみな一様に同じだ。

生きている者と言えば、この惨劇の首謀者《しゅぼうしゃ》である御子柴亮真と、衛兵に姿を変えていた伊賀崎衆の手練《てだ》れくらいのものだろうか。

そんな中、荒《あら》い息遣《いきづか》いが広間に響く。

それは、この広間の中に生存する人間の中でも最上位に位置するルピス女王の口から発せられていた。

おそらく、目の前で繰《く》り広《ひろ》げられた暴力の嵐《あらし》に、心を挫《くじ》かれたのだろう。

傍らに寄《よ》り添うメルティナの腕をしっかりと掴んで離さないところから見ても、その心の内は簡単に見て取れる。

(まぁ、姫《ひめ》将軍とは言いつつも、戦場の怖《こわ》さを本当の意味で知っているわけではないからな……逆に、無駄《むだ》に逃げ出したり叫んだりしないだけ冷静とも言える……か)

勿論、亮真はこの場でルピス・ローゼリアヌスという女を始末するつもりはない。

ただ、それはあくまでも亮真側の都合でしかない。

それに普通《ふつう》に考えて、亮真がここまで派手にローゼリア王国に対して反逆の意志を明確に見せた以上、この場でルピス女王を殺さない理由はないだろう。

御子柴亮真という人間は、良い意味でも悪い意味でも公平な人間だ。

基本的に、自分に牙《きば》を剥《む》いた人間に対して情けや容赦《ようしゃ》はない。

そして、その事はルピス女王もメルティナも理解している。

ならば当然、彼女達《かのじょたち》は自らの命に危機感を抱いている筈なのだ。

にもかかわらず、彼女達は逃げ出そうとしないし、亮真を非難するようなそぶりも見せない。

それは亮真としても実に意外な行動だ。

少なくとも、亮真が知るメルティナ・レクターであれば、剣を抜いて亮真に切りかかってきても何の不思議もなかった。

たとえその行為《こうい》が、自分の主君であるルピス女王の身を危《あや》うくするかもしれない危険な行為だと、メルティナ自身が理解していてもだ。

仮にその危険を避《さ》ける賢明《けんめい》さを選んだとしても、亮真を罵倒《ばとう》くらいはするだろう。

(無駄な事はしないという訳か……少しは成長した……という事なのか？　あるいは……)

そんな思いが一瞬、亮真の脳裏《のうり》をよぎる。

とはいえ、今の亮真にはその疑問を突き詰めている時間はなかった。

「さて……ゴミ掃除《そうじ》も終わりましたし、そろそろ……お暇《いとま》をさせて頂く事にしましょうか。そのご様子では、今更私と和《なご》やかに会話……と言う訳にもいかないでしょうしね」

万力鎖を右手に巻き付けた亮真の口からそんな言葉が零れた。

そして、いまだに椅子に座ったまま体を震わせるルピス女王に向かって深々と一礼する。

その所作はまさに、貴族としてのお手本といってよい完璧《かんぺき》さだ。

そしてゆっくりと顔を上げると、挑発的《ちょうはつてき》な笑みを浮かべて見せた。

「それでは陛下、再びお目にかかる日を楽しみにしております」

宮廷《きゅうてい》作法としては完璧でありながらも、その言葉の奥《おく》に隠《かく》された意図は何よりも雄弁《ゆうべん》に宣戦布告を語っている。

つまり、戦場で矛《ほこ》を交えようとルピス女王に向かって平然と言ってのけた訳だ。

そして、亮真は踵《きびす》を返して広間の扉へと足を向けた。

その背後を衛兵に扮《ふん》した伊賀崎衆の面々が影《かげ》の様に付き従う。

それは新たなる覇王《はおう》の気風とでもいうべき光景だった。

その背中をルピス女王とメルティナは無言のまま見送る。

ルピス女王にしてみれば、一刻も早く目の前から立ち去ってほしいという気持ちでいっぱいだったのだろう。

亮真と衛兵達が扉の奥へと消えていったのを確かめた後、緊張《きんちょう》を緩《ゆる》めた彼女《かのじょ》の口から深いため息が零れた。

そんな主君をメルティナは安心させるように抱きしめる。

「陛下……もうご安心ください……」

「メルティナ……ごめんなさい……」

そういって見上げるルピス女王の目には大粒《おおつぶ》の涙《なみだ》が浮かんでいる。

それは、ただ単に自分の命を危険にさらした事や、その危機から脱《だつ》したという安堵《あんど》からだけではない。

その涙の本質は罪悪感。

今日この場に行くべきではないとメルティナが進言していたにもかかわらず、自らの我を通した事で自分とメルティナの命を危険に晒《さら》してしまったという事実に対しての贖罪《しょくざい》だろう。

そんなルピス女王に対してメルティナはゆっくりと首を横に振った。

「いいえ陛下。何もご心配頂く必要はございません」

「でも……協力者であるハルシオン侯爵達が……これでは……」

周囲に横たわる死体の山を見ながらルピス女王がつぶやく。

実際、ルピス女王の懸念《けねん》は正しいだろう。

何しろ、貴族派と呼ばれる派閥《はばつ》の中でも有力だった貴族院の面々が死んだのだ。

もちろん、ルピス女王の配下ではないが、今回の一件では有力な協力者であったことは間違いない。

その協力者が死んだとなれば、今後の行く末を心配するのは当然と言えるだろう。

しかし、メルティナは笑みを浮かべて見せる。

実際、メルティナにとっては何も慌《あわ》てる必要などないのだ。

「確かにハルシオン侯爵の死は痛手ではあります。ですが、今回の暴挙で今まで旗幟《きし》を鮮明《せんめい》にしていなかった貴族達も、あの男への反感を更に募《つの》らせるでしょう。もちろん、一部はあの男につくでしょうが……それ以上の反感を買うことは必定です。つまり、陛下とあの男の下、ローゼリア王国内の勢力は完全に二分化されたといっていいでしょう」

「それでは……先の内乱以上の……」

その言葉に、メルティナは深々と頷《うなず》いて見せる。

「はい……恐《おそ》らくですが、最終的には先の内乱など比較《ひかく》にならない……このローゼリア王国の存亡をかけた大戦になるかと……」

その言葉にルピス女王の顔から血の気が引いた。

その大戦が勃発《ぼっぱつ》すれば、国土は荒廃《こうはい》し、間違いなく国民は戦禍《せんか》に喘《あえ》ぐ事になるのだから。

だが、そんなルピス女王の反応など、メルティナには想定済みだった。

「御心配《ごしんぱい》には及《およ》びません。いえ、それどころかこれは陛下が主導権を握る絶好の機会とすら言えるでしょう」

その言葉の意味が分からず、ルピス女王は首を傾げた。

「早急《さっきゅう》に王宮へ立ち返り、あの男を反逆者として宣言します。その後、直《す》ぐに国内に激を飛ばし反逆者討伐《とうばつ》の為の遠征軍《えんせいぐん》を編成しましょう」

「つまり……先手を取ってこちらから仕掛《しか》けると？　あの男の事だから、我々がそう動く事は計算に入れているのではないのかしら？」

「はい、ですがこれで向背の定まらない貴族達の敵意をあの男へ向ける事が出来ます。それに、今回の一件で貴族派の重鎮達《じゅうちんたち》が消えた事により、少なくとも今までよりは陛下が主導権を取りやすくなる筈です」

その言葉にルピス女王は思わず息を呑《の》んだ。

「貴方《あなた》……まさか……こうなる可能性を……」

その視線の先には、床に倒れ伏すハルシオン侯爵達の死体があった。

その眼《め》に浮かぶのは非難の色。

確かにルピス女王は貴族たちと主導権争いをしているが、今回の件に関しては暫定的《ざんていてき》ではあっても同盟関係を締結《ていけつ》していると言っていい。

その仲間の死を最初から計算に入れていたとなれば、ルピス女王の性格的に許容することは難しいだろう。

しかし、非難の矛先《ほこさき》を向けられた当の本人は落ち着いたものだ。

「まさか、そのようなことがある筈もございません」

そう言うと、メルティナはルピス女王の問いをハッキリと否定した。

だが、一瞬だけメルティナが浮かべた暗い笑みこそ、全《すべ》ての答えと言えるだろう。

それ以上の言葉を口に出せず、ルピス女王は言葉を失う。

確かにメルティナの言葉が正しいのは理解出来た。

王国内に割拠《かっきょ》する貴族達の存在によって、ルピス・ローゼリアヌスは本当の意味で、この国の支配者とはなれなかったのだから。

先の内乱で勝利を手にしその頭上に王冠《おうかん》を被《かぶ》ってはいても、その本質は王という独裁者よりは、部下の統制に苦慮《くりょ》する責任者や管理者に近いだろう。

そういう意味からすれば、ルピス女王を侮《あなど》り蔑《ないがし》ろにしてきた既得《きとく》権益者達が消えてくれた事は、決して悪い事とは言えない。

復讐心《ふくしゅうしん》にたけり狂った貴族達の舵取《かじと》り自体は難しいだろうが、少なくともウォルテニア半島を征服《せいふく》するまでの間、貴族達の意識は御子柴亮真へと向けられる筈だ。

確かに事実だろうし、悪くない判断だ。

しかし、それはあまりにも利己的で計算に満ち満ちている。

少なくともルピス女王が知るメルティナ・レクターという女の言葉ではなかった。

そして、ルピス女王の知る限りメルティナに臨機応変の才はない。

無能ではないが、直情的だし、思慮深《しりょぶか》いとは言えない性格。

そんなメルティナが的確な対応策をすぐに主君へ提言できる事自体が不自然でしかない。

(もちろん、メルティナが成長していることは知っていたけれど……)

今のメルティナの立場は、ローゼリア王国内の治安活動における総責任者という位置づけだ。

勿論、善意の解釈《かいしゃく》をすれば、その総責任者という地位がメルティナの能力を格段に向上させた可能性はある。

俗《ぞく》にいう、地位が人を作るという奴《やつ》だ。

だが、悪意を持って解釈すると、答えは百八十度変わってくる。

（それはつまり……こうなることを知っていた？　あるいは、可能性として考慮していた？）

自分で考えたのか、あるいは誰《だれ》かから入れ知恵《ぢえ》をされたのか。

ただ問題は、メルティナがその可能性に対してルピス女王へ告げなかったという事実だ。

（メルティナ……貴方もなの……）

その思いがルピス女王の心から亮真への恐怖《きょうふ》を消し去っていた。

ルピス女王とてメルティナが何故《なぜ》、今回の可能性について報告をしなかったのかは理解していた。

メルティナとて百パーセントの確信があった訳ではないのだろう。

それは、傍らで彼女の反応を目にしていたルピス女王も肌《はだ》で感じている。

だからこそ、主君であるルピス女王の希望を断固として断れなかったのだ。

（勿論、メルティナは止めたわ……それを押し切《き》ってこの場に足を運んだのは私の判断……でも）

今のルピス女王の心を占《し》めるのは形容しようのない喪失感《そうしつかん》。

それが何なのかはルピス女王本人ですらも理解してはいない。

だが、何か大事なものが失われた事だけは感覚的に理解していた。

しかし、そんな主君の心の内など、メルティナが知る由もない。

「それに……必ずしも内乱が再び起こるとは限りませんし……ね」

そう小さく呟《つぶや》くと、メルティナは扉の方へと視線を向ける。

見える筈のない獲物《えもの》の姿を追い求めるかの様に。


暗い闇《やみ》の中、どこまでも続く石の回廊《かいろう》。

どことなく黴臭《かびくさ》く埃《ほこり》っぽい空気。

長い間、誰も使わなかった証だ。

その中を無数の足音が木霊《こだま》する。

案内役であるダグラス・ハミルトンを先頭に、騎士《きし》に扮した伊賀崎衆に守られながら、御子柴亮真は先を急いでいた。

この回廊はローゼリア王国建国時に設けられた、王族や上級貴族達が王都を敵に攻《せ》められた際に用いられる脱出路《だつしゆつろ》の一つ。

貴族院から王都北の森へとつながる地下道だ。

既にこの暗闇《くらやみ》の中を、松明《たいまつ》を頼《たよ》りに数キロは進んだだろうか。

武法術によって身体強化をしていても、それなりの距離《きより》と言えるだろう。

「もう、まもなくです」

引《ひ》き攣《つ》った表情を浮かべながらハミルトンは後ろを振り返った。

既に引き返せないところまで追い込まれている以上、ダグラスは亮真に従うしかない。

そして、本人もその事を理解しているのだろう。

(とはいえ、簡単には割り切れないだろうがね)

秘密の脱出路に案内する為《ため》に審問《しんもん》の間の扉の前で亮真達を待っていたダグラスは、中で繰り広げられた血の惨劇をその目に焼き付けてしまった。

勿論、目に焼き付けたとはいっても、広間の中に足を踏み入れ、床に横たわる死体を一つ一つ確かめた訳ではない。

あくまでも、亮真達が審問の間から出た際に、偶々《たまたま》目にしただけだ。

だが、ただの廷吏でしかないハミルトンには、先刻まで生きていた同僚や上司達の死体を目にして強い衝撃を受けたようだ。

(まぁ、それでも娘《むすめ》の命には代えられない……か)

ダグラス・ハミルトンは賄賂《わいろ》を常習的に受けとる様な典型的な汚職《おしょく》役人だ。

だが、そうなった理由は別に彼の人間性が屑だったからではない。

貴族院に使える廷吏という職に支払《しはら》われる以上の金がどうしても必要になっただけの事。

そう、不治の病に侵《おか》された娘の命を一日でも延《の》ばすという目的の為に、どんな泥《どろ》でも被る覚《かく》悟《ご》を決めただけの話なのだ。

だからこそ、ハミルトンは亮真との取引にも応じた。

(貴族階級としての名誉《めいよ》や誇《ほこ》りを引き換《か》えにしても……か。ある意味、見事な覚悟だな)

娘の為に、全てを擲《なげう》つ。

言葉にするのは簡単だが、本当に実行出来る人間は少ない。

事の善悪はさておき、そう言う人間には使い道がある。

亮真がそんな事を考えていると、ハミルトンの足が止まった。

どうやら、通路の行き止まりまで来たらしい。

「こちらです、少々お待ちを」

そういうと、ハミルトンは通路の右側に立っていた柱に近づく。

そして、何やら操作をすると次の瞬間、行き止まりだった通路の壁《かべ》が音を立てて左右に分かれ始め、その先には地上へと続く階段がその姿を現す。

その後、百段ほど続く階段を上っただろうか。

少し開けた場所で行き止まりにぶつかった亮真達だが、ハミルトンが素早《すばや》く壁の細工を操作すると、再び壁の一部が動き出した。

「なるほどな……森の中の洞窟《どうくつ》に繋《つな》がっているという訳か」

さほど大きくもない天然の洞窟に出口を繋げたのだろう。

数十メートル程《ほど》続く土と岩の洞窟の先には、陽《ひ》の光が見えている。

「亮真様……お待ちしておりました」

そう言いながら亮真の前にローラとサーラが姿を現す。

二人は普段《ふだん》身に付けているメイド服を脱《ぬ》ぎ捨《す》て、革《かわ》の鎧《よろい》を身にまとっていた。

まさに臨戦態勢といったところだろうか。

「そっちも無事に王都から脱出《だっしゅつ》出来た様だな……それで、問題はないか?」

そう言いながら、亮真は出口に向かって歩き出した。

計画通りに進められるように万全《ばんぜん》の体制を取りはしたが、何事にも完璧はない。

情報共有は物事を進める上で最も重要な事だろう。

ましてや、今は一刻でも時間が惜《お》しい状況《じょうきょう》だ。

だから、亮真の問いにローラは素早く答えた。

「リオネさん達は予定通り洞窟の外で兵を率いて待機中です。ザルツベルグ伯爵夫人に関しては、既に王都を脱出して東へ向かっています……」

ウォルテニア半島への最短経路という意味では、王都から北東へ進むのが正解だろう。

だが、最短経路というのは、敵側にも当然分かっている筈《はず》だ。

だから、ユリア夫人を筆頭にメイドや料理人といった非戦闘《せんとう》員達は、クリストフ商会の準備した馬車で一旦《いったん》ミスト王国を目指し、海路からセイリオスの街を目指す手はずになっていた。

「なるほど……それでベルグストン伯爵とゼレーフ伯爵の方は？」

「お二人に関しても、既に領地を去られ、ご家族と共に北へ向かわれていると」

「護衛の方は大丈夫《だいじょうぶ》だろうな？」

「はい、竜斎《りゅうさい》様、お梅《うめ》様が影護衛としてついておられます。ディルフィーナ様達も援護《えんご》に入られていますので、問題はないかと」

その答えに亮真は小さく頷く。

ベルグストン伯爵領とゼレーフ伯爵領はどちらも王都ピレウスからさほど遠くない位置に存在している。

領地自体はそれほど大きくないのが、両家がローゼリア王家より信頼《しんらい》されてきた証と言えるだろう。

ただ、ローゼリア王国より離反《りはん》するとなると、その利点も逆に大きな問題点へと変わってしまう。

何しろ、両伯爵家《はくしやくけ》は御子柴亮真に忠誠を誓《ちか》うと決めたのだから。

（一時的な処置だとは言え、二人共よく決断したものだ……）

長年過不足なく統治してきた土地だ。

そこを捨てて、新興勢力に属するというのは並々ならない覚悟が必要になる。

ましてや、今後の戦に勝てば良いが、負ければ文字通り全てを失うのだ。

残るものがあるとすれば、王国を裏切った愚《おろ》か者《もの》の汚名《おめい》くらいなものだろう。

だが、ベルグストン伯爵達《たち》は全てを覚悟の上で御子柴亮真という男に賭《か》けたのだ。

「坊《ぼう》や。その様子なら計画通りに進んだようだね」

洞窟を抜けた亮真を目にしたリオネが、主君の肩《かた》を気安く叩きながら尋《たず》ねる。

ノリは、学校の級友同士に近いだろうか。

もっとも、今更《いまさら》そんなリオネの態度を見とがめる人間はいない。

何しろ、亮真自身がそんなリオネの態度を好んでさえ居るのだから。

「あぁ、とりあえず今のところは……な」

リオネの問いに頷き返しながら、亮真はサーラから手渡《てわた》された革鎧《かわよろい》を受け取り着替《きか》える。

そして、準備されていた馬に跨《またが》る。

目指すのは王都から北東へ向かって半日ほどのところにある、カンナート平原。

そこで、定期演習という名目で編成されたエレナ・シュタイナーが率いる軍と合流する為だ。

だが、亮真は知らなかった。

そこで何が起こるかを……

第四章　カンナート平原の戦い

カンナート平原。

王都ピレウスから街道《かいどう》を北東へ進んだ先に広がる王家直轄《ちょっかつ》の平原地帯だ。

ザルーダ王国との国境沿いに横たわる山脈地帯から平野を蛇行《だこう》しながら海へと流れ込むボロンゾ川のおかげで、肥沃《ひよく》な大地を形成している。

とはいえ、王国南部に広がる穀倉地帯ほど広大ではない。

東西に徒歩で横断しようとすれば数日は掛かるだろうが、南北の横断ならば多く見積もっても一日程だろうか。

だが、王都近郊《きんこう》の食糧《しょくりょう》事情を担《にな》う重要な土地の一つである事に変わりはない。

そんなカンナート平原に設《しつら》えられた天幕の中で、御子柴亮真《みこしばりょうま》は眉間《みけん》に深い皺《しわ》を刻みながら、机の上に広げられた地図を睨《にら》んでいた。

周囲に立ち並ぶリオネ達も事態の深刻さから皆《みな》一様に表情が硬《かた》い。

「それで？　斥候《せっこう》からの連絡《れんらく》はまだか？」

その問いに、背後に控《ひか》えていたサーラが無言のまま首を横に振った。

一体幾度《いくど》確認《かくにん》した事だろう。

この十分程の間に既《すで》に四回は確認をしている。

だが、それでも亮真としては確認したくなるのは当然だ。

当初予定していたエレナとの合流刻限は既に過ぎているのだから。

(勿論、日程には余裕《よゆう》を持たせていたが……それにしても遅《おそ》い……遅すぎる)

亮真が王都ピレウスを脱出し、このカンナート平野にたどり着いて既に三日目の昼を迎《むか》えようとしていた。

その焦燥感《しょうそう》が亮真の心を苛《さいな》む。

今回の一件で、亮真は新たに己《おのれ》に忠誠を誓ったベルグストン伯爵達とその家族を、セイリオスの街へ移送する事を考えていた。

今後、ルピス女王と本格的に矛を交える上で、自分と親しい人間とその家族の身の安全を確保する事は必須事項《ひっすじこう》だったからだ。

そして、その中には【ローゼリアの白き軍神】と謳われたエレナ・シュタイナーも当然含《ふく》まれていた。

実際、ベルグストン伯爵やエレナの置かれている立場は微妙なのだ。

何しろ彼《かれ》らは御子柴亮真という男にあまりにも近すぎる。

実際にベルグストン伯爵達が亮真に忠誠を誓ったのは最近の事なのだが、少なくとも周囲から見れば先の内乱が終結してから今日まで、彼等は御子柴男爵《だんしゃく》家の傘下《さんか》か、もしくは協力者といった立ち位置にしか見えなかったのだ。

また、国王主導の政治を目指すルピス女王にとって、彼らは有能過ぎるというのも大きな問題だろう。

切れすぎる刃物《はもの》を適切に扱《あつか》うにはそれなりの技量が必要となる。

そして、その技量を持たない人間にとって切れすぎる刃物は道具ではなく自らの身を傷付けかねない危険物でしかないのだ。

だから、仮に彼らが亮真を選ばなかったとしても、ルピス女王は彼らの忠誠《ちゅうせい》に疑惑《ぎわく》の目を向け、動向を警戒《けいかい》し続ける。

その結果、猜疑心《さいぎしん》に囚《とら》われたルピス女王は、いずれ必ずベルグストン伯爵達を物理的に排除《はいじょ》しようとするだろう。

それが目に見えている以上、亮真がベルグストン伯爵やその家族の身の安全を確保しようとするのは当然と言えた。

そして、亮真にとって最も大切なのがエレナの安全だ。

(らしくない……か?)

そんな自嘲《じちょう》とも言える気持ちが心に沸《わ》きあがる。

勿論、エレナと言う女が有能であり、自分にとって強力な味方なのは分かっている。

だが、それだけではないように亮真は感じていた。

それは、どちらかといえば友人や家族に対する思いに近いのかもしれない。

少なくとも、亮真はローラやサーラに対して抱《いだ》いている感情に近い何かをエレナに対しても感じている事だけは確かだ。

（勿論、単に合流地点を間違《まちが》えた可能性もない訳じゃないが……）

情報伝達手段が限られている大地世界《アース》において、他者との連携《れんけい》は常に大きな課題となる。

何しろ、GPS携帯《けいたい》はおろか、普通の固定電話すら存在しないのだから。

位置情報をリアルタイムで確認し合うなど現状では不可能だろう。

とはいえ、此処《ここ》は遮蔽《しゃへい》物の限られた平原だ。

余程《よほど》大きく合流地点から外れていない限り、見つからないという事は考えにくい。

（そうなると可能性は……）

亮真の脳裏に嫌《いや》な仮定が浮かんだ。

一つは、エレナの身に何か不測の事態が起きた場合。

今回エレナは、自らが信頼出来る部下を率いて亮真達に合流する予定だった。

その際に、話を持《も》ち掛《か》けられた部下がエレナに対して反旗を翻《ひるがえ》した可能性は捨てきれないだろう。

（だが……正直に言って、その可能性は低い筈だ……）

エレナはオルトメア帝国《ていこく》によるザルーダ王国再侵攻への備えとして、国境沿いの街に五千ほどの兵力を保持したまま駐留《ちゆうりゆう》している。

ただ、今回の計画に際して、エレナはその一万の中から自らに忠誠を誓う五百あまりを選抜《せんばつ》して率いてくる予定だった。

（何故《なぜ》ならあの男が……クリスがエレナさんの補佐《ほさ》をしている限り、何かあれば必ず連絡が来る筈だ）

亮真はクリス・モーガンという男を高く買っていた。ただそれは、ロベルトやシグニスなどの様な敵陣《てきじん》に切り込む猛将《もうしょう》としてではない。

確かに、クリス・モーガンという男が並み外れた槍術《そうじゅつ》の使い手であり、ローゼリア王国でも屈指《くっし》の武人なのは間違いないだろう。

だが、アーレベルク将軍に疎《うと》まれ長らく不遇《ふぐう》をかこっていた為、実戦経験という意味でロベルト達と比べると一段下なのもまた確かだ。

しかし、クリスの真価は武人としての技量だけではない。

軍の統制や指揮に関しても並々ならない物を持っているし、政治的な手腕《しゅわん》に関してもそれなりの力量を持っている。

組織内の人心掌握《しょうあく》などには特に秀《ひい》でた物を持っているのだ。

実際、先の内乱時にエレナがアーレベルク将軍率いる騎士派の多くを懐柔《かいじゅう》出来たのも、クリスの補佐があればこそと言えるし、それはエレナ自身も認めている。

先陣《せんじん》を受け持つ切り込み役と言うよりは、武勇と指揮の両方に秀でた万能型《ばんのうがた》の将と言って良い。

エレナにとってはまさに懐刀《ふところがたな》と言っていい人材だろう。

その上、クリスはローゼリア王国に対してと言うよりも、エレナ個人に対して忠誠を誓っている。

そんな男が、エレナを裏切る事はまず考えられない。

ならば、仮に何らかの不測の事態が起きようとも、亮真に対して使者の一人も出さないというのは考えにくい。

（確かに、使者が全員口封《くちふう》じをされた可能性もあるが……それよりも……）

もう一つの仮定が亮真の脳裏を過《よぎ》った時、突然《とつぜん》天幕の外が騒《さわ》がしくなった。

続いて、斥候に出した伊賀崎《いがさき》衆の忍《しの》びが駆《か》け込んでくると、亮真に耳打ちする。

その瞬間《しゅんかん》、サーラとローラは、亮真の表情が強張《こわば》るのを見て事態の深刻さを察した。

「分かった……連れてきてくれ」

その言葉に従い、忍びは小さく頷くとその身を翻した。

そして、ほどなく一人の男を案内してくる。

その男に天幕の中に立ち並ぶ誰もが視線を向けた。

（特に目立った汚《よご》れや傷は見当たらないか……決まりだな）

男の服装を確かめ、自らが感じていた嫌な予感が正しかった事を確信しつつも、亮真は出来るだけ穏《おだ》やかな声で男へ声を掛ける。

「久しぶりですね。クリスさん」

「はい、御無沙汰《ごぶさた》しております。御子柴男爵閣下」

亮真の問いに、クリスも挨拶《あいさつ》を返した。

もっとも、その顔に浮かぶのは硬質《こうしつ》な鋼の様な意志。

敵意や殺気を秘《ひ》めている訳ではないが、クリスが相当な覚悟でこの場にやって来たのは一目《いちもく》瞭然《りようぜん》だった。

無言のまま見つめ合う二人。

天幕の中の空気が凍《い》てつくような冷たさを帯びていく。

やがて亮真の口から大きなため息が零《こぼ》れた。

「成程《なるほど》……ね。それであんたが来た訳か……」

今更、クリスの要件を問う必要性はなかった。

合流地点にエレナの軍がいない事と、服装の乱れがないクリスが単騎《たんき》でこの場に訪《おとず》れた事から考えて、何が起こっているのかは自明の理なのだから。

「はい、エレナ様ご自身でこちらに赴《おもむ》かれるというのを私が止めました」

そう言うと、クリスは亮真に対して深々と頭を下げる。

そして、懐《ふところ》より一通の手紙を取り出すと亮真に向かって差し出した。

「エレナ様からの書状です。お確かめください」

「そいつはどうも……ご苦労さん……」

そう言うと、亮真はクリスから手紙を受け取ると、封蝋《ふうろう》を確かめる。

(以前エレナさんから貰《もら》った手紙に用いられていたのと同じ意匠《いしよう》だ……やはり偽物《にせもの》の可能性は低いか……ふっ……未練がましいな……)

既に自らの中では答えが出ているにもかかわらず、それを必死で否定しようとする心。

それを察した亮真の苦笑いには自嘲が含まれていた。

そして亮真は封《ふう》を剥《は》がすと、中の手紙に素早く目を通す。

エレナから送られて来た手紙の文は短く、そして明確だった。

だが、亮真は二度、三度と繰り返し読み直す。

そしてクリスに視線を向けると、ゆっくりと口を開いた。

「手紙は確かに確認した。エレナさんの意向も……な」

「恐れ入ります……それで……」

クリスは躊躇《ためら》いがちに尋ねる。

亮真の態度が自分の予想と違っていたからだろう。

だが、そんなクリスの気持ちとは裏腹に、亮真は至極《しごく》落ち着いていた。

「返事を書く時間がないんだが、必要かい？」

亮真の問いにクリスは慌てて首を横に振る。

実際、亮真の置かれた立場ではエレナに手紙を返す時間などないだろうし、クリス自身、それを自分が受け取るとは微塵《みじん》も考えてはいないのだから。

しかし、そんなクリスの動揺《どうよう》を他所に亮真は話を続ける。

「ならアンタの口から伝えてくれればいい。またエレナさんとお会いする日を楽しみにしていると」

その瞬間、クリスは驚《おどろ》きの表情を浮かべた。

そして亮真の意図を悟《さと》ると、直ぐに深々と頭を下げた。

「分かりました。我《わ》が騎士の誇りに賭けて必ずやお伝えいたします」

エレナが亮真に送った手紙には決別の言葉が書かれている。

それはつまり、エレナ・シュタイナーは御子柴亮真の敵に回るという事だ。

それも、全ての歯車が動き出したこの瞬間にだ。

使者に危害を加えないのはこの大地世界の戦においても儀礼《ぎれい》として浸透《しんとう》しているが、戦と言う極限状態において、そんなきれいごとは往々にして守られる事が無い。

だが、どうやら亮真は本気で裏切り者の部下であるクリスを無事に帰すつもりの様だ。

「それでは失礼します。何《いず》れまた……」

天幕の外まで見送りに来た亮真にクリスはもう一度頭を下げる。

「ええ、また……」

そんなクリスに対して、亮真は小さく頷いた。

そして、王都の方向へ向かって馬を走らせるクリスの背を無言のまま見つめ続けた。

そんな亮真の背後に、今迄《いままで》無言のまま成り行きを見守っていたリオネが声を掛ける。

「坊や……あの男をこのまま帰しちまって本当に良かったのかい？　エレナさんが敵に回ったんだろう？　ただでさえ厄介《やっかい》な人なのに……」

実際にエレナの手紙を読んだのは亮真だけだが、クリスとのやり取りをみて、状況を把握《はあく》出来ていない人間はこの場には一人としていない。

後は、亮真の判断に関してだが、リオネを含めて大半が疑問を抱いているのは確かの様だ。

しかし、そんな中でもローラとサーラの二人だけは、亮真の判断に疑問を感じてはいないらしい。

「確かに、敵の戦力を削《けず》るという観点で言えば、此処で排除しておくのが正しい判断でしょう」

「実際、姉様と私が同時に仕掛ければ、十中八九勝てたでしょうし……ここには亮真様をはじめ、皆さんもいらっしゃいますから、確実に始末出来たはずです」

その言葉に、ロベルトやシグニスが小さく頷く。

実際、ロベルトとシグニスは、亮真の合図次第《しだい》で何時《いつ》でも仕掛けられるように体制を整えていた。

「ですが、この場で仕掛ければクリスさんも黙《だま》って討《う》たれはしなかったでしょう。愛用の槍《やり》を持っていなかったとはいえ、あの方も相当な手練れ。私達《たち》も少なからず手傷を負った筈です」

「それを避けたという事かい？」

「はい、少なくとも敵の動きが読み切れない今の段階では……」

ローラの言葉に、周囲からうめき声ともつかないため息が零れる。

実際、エレナが敵側に回った事に因《よ》り情勢は大きく変わってきている。

将棋《しょうぎ》で例えれば、クリスは敵陣に単騎で突出《とっしゅつ》してきた角や飛車だろう。

普通に考えれば排除するのが当然だが、その予定外の一手に対応する為に布陣《ふじん》を崩《くず》す事によって、桂馬《けいま》や香車《きょうしゃ》などの伏兵《ふくへい》が飛んでこないと言い切れない。

「それに、恐らく亮真様は……」

マルフィスト姉妹の推測を交えた言葉を否定も肯定《こうてい》もしない亮真に周囲の視線が集まる。

「成程……ね」

傭兵稼業《ようへいかぎょう》において、昨日の友が今日の敵になる事もあるし、今日の敵が明日の友になる場合だってあるのだ。

ならば、エレナが何故今になって亮真の下を離れるという決断をしたのか、それを探《さぐ》ってから対応を考えても遅くはないだろう。

その時だ。

鬼哭《きこく》が突然、何かを警告するかの様に鳴動を始めた。

(突然何が！)

鬼哭の警告は今迄も幾度《いくど》か発せられている。

だが、今回は周囲に敵など居る筈もない平野。

仮に、周囲に敵兵が潜《ひそ》んでいたところで、亮真の周囲に張《は》り巡《めぐ》らされた警備網《けいびもう》に察知される事無く突破《とっぱ》するのはまず不可能だと言っていいだろう。

しかし、亮真は生存本能が命ずるがまま、胸にある第四のアナーハタ・チャクラを高速回転させ武法術を発動させた。

そして、その生存本能が亮真の命を救った。

次の瞬間、強烈《きょうれつ》な衝撃《しょうげき》が亮真の腹部を襲《おそ》う。

それはまるで、杭《くい》でもその身に打ち込まれたかのような痛みと衝撃。

亮真は思わず込みあげてくる血を吐《は》き出《だ》した。

その数秒後、亮真の耳に遠方から響《ひび》いてきた雷鳴《らいめい》のごとき轟音《ごうおん》が響き渡《わた》る。

着弾《ちゃくだん》より遅《おく》れて発射音が聞こえる事が意味する事は一つだけだ。

異変に気付いたマルフィスト姉妹が、亮真の体に素早く覆《おお》いかぶさり盾《たて》になる。

「坊や！」

リオネが慌てて亮真の方へと駆け寄り、ロベルトとシグニスが周囲に索敵《さくてき》を命じた。

そして、盾を手にした兵士達が亮真達を素早く取り囲み更なる追撃《ついげき》に備える。

誰もが、この突然の事態に驚きを隠せなかった。

それでも、彼等《かれら》の的確な指揮の下、動揺は徐々《じょじょ》に収束されていく。

そして、そんな周囲の慌ただしさを他所に、亮真は襲い来る激痛の中で必死に状況を把握しようと思考を進めていた。

（油断した……まさかこの世界で遠距離狙撃《えんきょりそげき》だと……糞《くそ》ったれが……武法術と怪物《かいぶつ》共から採取した素材のおかげで致命傷《ちめいしょう》は何とか避けられたみたいだが、流石《さすが》にとんでもない威力《いりょく》だ……）

亮真は軍人でも軍《ミリタリー》オタクでもないが、世間一般《いっぱん》以上に銃火器《じゅうかき》に関しての知識は持っている。

祖父である御子柴浩一郎《こういちろう》から受けた武術の修練項目《こうもく》の中に、銃火器に対する対応方法が入っていたからだ。

防弾《ぼうだん》ベストを着用したところで、弾丸《だんがん》の貫通《かんつう》を防ぎはしても、運動エネルギーの遮断《しゃだん》までは出来ない。

勿論《もちろん》、軽減はしてくれるが、たとえアメリカ軍が採用する最高ランクのタイプⅣと呼ばれるボディアーマーであっても、衝撃をゼロにしてくれる訳ではないのだ。

即死《そくし》はしなくとも、内臓に衝撃を受ければ機能不全を起こすだろうし、骨折なども十分に考えられるだろう。

どちらにせよ、現代社会であれば間違いなく救急車を呼ぶような事態だ。

(衝撃を受けた際に自動で発動する付与《ふよ》法術か……ネルシオスさんには感謝しかないな……)

大地世界における一般的《いっぱんてき》な衣服は麻《あさ》や綿といった素材で作られているし、裕福《ゆうふく》な階級であれば絹を用いることが多い。

つまり、化学繊維《せんい》が用いられないだけで、地球と大地世界ではそこまで大きな差は無いという事になる。

違《ちが》いが出るとすれば、怪物と呼ばれる超生命体《ちょうせいめいたい》から採取する生体素材と法術と呼ばれる神秘の要素くらいだろう。

実際、貴族院を脱出してからマルフィスト姉妹より受け取った革鎧《かわよろい》は優《すぐ》れた性能を持っている。

確かに、表面的にはなんの変哲《へんてつ》もない革製の鎧だ。

造り自体は丁寧《ていねい》な仕事をされているが、一見したところ何処《どこ》の街の武具屋でも買えそうな品に見える。

だが、その真価を知れば、多くの戦士が眼《め》の色を変えてこの鎧を買い求めるだろう。

何しろ、素材自体が軽く耐久性《たいきゆうせい》に優れている上に、耐火や耐電などの耐性機能を持った怪物の革を用いた特注品。

その上、黒エルフ達の手によって強力な術式が付与されており、物理的な防御《ぼうぎよ》性能の点でも板金鎧などよりはるかに上といった品物だ。

それに加えて、亮真には守護神が付いている。

(何とか治まってきたか……)

少なからず吐血《とけつ》したという事は、衝撃により内臓の何処かに損傷を受けたという事を示しているが再度の吐血が無いところから判断して、どうやら鬼哭の力によって既に治癒《ちゆ》が始まっているらしい。

また、亮真は肋骨《ろっこつ》辺りから鈍《にぶ》い痛みを感じていたのだが、そちらも徐々にだが治まって来ている。

この感触《かんしょく》なら、今日か明日中には痛みは完全に引くだろう。

(こいつの力か……)

鬼哭と言う刀は、伊賀崎衆の初代が自らの手で鍛《きた》え上《あ》げてから今日まで、主の資格を持たない人間の生気《プラーナ》を吸い取ってきた妖刀だ。

そして、鬼哭はその蓄《たくわ》えられた生気を使い様々な神秘を可能とする。

勿論、亮真は未《いま》だに鬼哭の真の主とは言えないのは確かだ。

しかし、真の主人では無くても、鬼哭が自らの柄《つか》を握《にぎ》る事を認めた存在である事に間違いはないのだろう。

(助かった……ありがとうな)

亮真は、心で鬼哭に礼を述べる。

そして、自らの体に覆いかぶさったまま動こうとしないマルフィスト姉妹の背中を安心させるかの様に軽く叩《たた》いた。

そして、体を起こし立ち上がった亮真は、無言のまま天幕へと戻《もど》っていく。

自分と仲間達の背後に迫《せま》り来る脅威《きょうい》に対抗《たいこう》する為に……


赤みを帯びた満月が天中を彩《いろど》る。

それは、これから起きる戦の凄惨《せいさん》さを暗示させる様な不吉《ふきつ》さに満ちた空だ。

そんな夜に、亮真は偵察《ていさつ》に放っていた伊賀崎衆からの報告にただジッと耳を傾《かたむ》けていた。

それは、この場に居るリオネ達も同じだ。

そして、中央に置かれた机から少し離《はな》れた端《はし》の方には、口元を布で隠《かく》した見慣れない三人の男女が成り行きを見守っていた。

「本当に兵を伏《ふ》せていたか……」

地図上に敵を表す白駒《しろこま》を配置しながら、亮真は鋭《するど》く舌打ちをする。

その数は三つ。

一つは、亮真達が陣《じん》を設営したこの場所から数時間の距離に布陣した軍だ。

カンナート平原中央部に布陣するこの軍は、兵力的には亮真が率いる軍勢とほぼ同数か少し多いくらいだろう。

明らかに亮真達の行軍を阻《はば》む為に布陣している。

ただし、亮真はこの軍勢の存在に関してある程度想定していた。

何しろ、王都ピレウスで亮真が起こしたハルシオン侯爵《こうしゃく》を始めとした貴族院上層部の殺害は、ローゼリア王国にとって到底《とうてい》看過出来ない蛮行《ばんこう》なのだ。

これは、亮真がルピス女王の前で語った道理とは無関係と言える。

事の是非《ぜひ》や経緯《けいい》など、この場合問題ではない。

亮真の行った行為《こうい》は、ローゼリア王国という国の根幹を揺《ゆ》らし、その権威《けんい》を著《いちじる》しく傷付ける物なのだから。

だから、王都から脱出し本拠地《ほんきょち》であるウォルテニア半島へ帰還《きかん》しようとする亮真達に兵を差し向けようと画策するのは極《きわ》めて当然と言える。

(まぁ、時間的にはかなり厳しいだろうが、狼煙《のろし》や早馬などを用いれば、カンナート平原近郊に領地を保有する貴族達に指令を送る事は不可能ではないだろうしな)

とは言え、それが言葉にするほど簡単ではない事も亮真は理解している。

何故なら、派兵の指示を王都から受け取ったとしても、直ぐに軍の編成は不可能だからだ。

カンナート平原の戦い 1

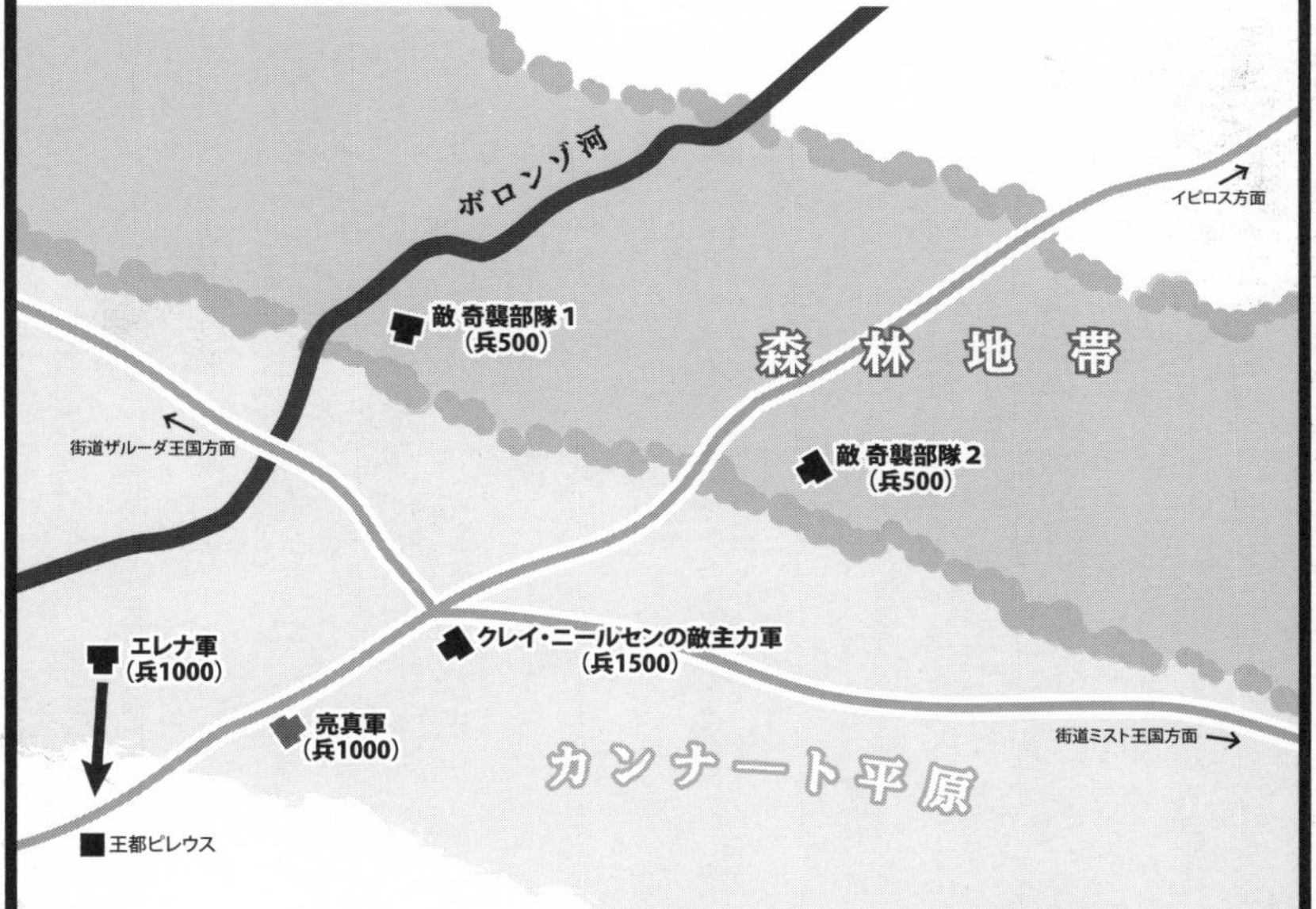

《RECORD OF WORTENIA WAR》

何しろ、数十人程度の盗賊《とうぞく》団を相手にするのではない。

千人規模の軍と矛《ほこ》を交える戦《いくさ》となれば、必要最低限の武具や兵糧《ひょうろう》を揃《そろ》えるだけでもそれなりの時間が掛かるし、兵の頭数を揃えるのも一苦労だ。

また、基本的に領主達はそれほど多くの騎士を抱《かか》えている訳ではない為、主力となる兵士は基本的に領民を徴兵《ちょうへい》するしかないのだから。

そう言った諸々《もろもろ》を考え合わせると、万全な準備など望むべくもないだろう。

そして、そんな不十分な態勢で【救国の英雄《えいゆう》】とも謳《うた》われる御子柴亮真の軍勢と矛を交えるのは自殺行為に近い。

そう考えた時、王都からの指令を受け取ったとしても、大半の貴族は日和見《ひよりみ》を選ぶ可能性が高いのだ。

だが、それはあくまでも、冷静な目で損得を計算した場合の話でしかない。

そして、人は常に損得だけで動くとは限らないのだ。

(何しろ、連中の身内を殺しているからな……)

貴族階級における血縁《けつえん》関係は複雑に絡《から》み合《あ》っている。

それはまるで縦横無尽《じゅうおうむじん》に絡まる糸のような物。

極端《きょくたん》な話、ローゼリア王国における貴族階級は血縁関係が近いかどうかを無視して考えた場合、その全てが血縁者《けつえんしゃ》だと言っても過言ではない。

勿論、血が繋がっていても、身内と認識《にんしき》しているとは限らないのも事実だろう。

日本でも、家系図を遡《さかのぼ》れば親類縁者《えんじゃ》であっても、百年も昔の先祖が婚姻《こんいん》関係を結んでいたからと言って、大抵《たいてい》の場合はお互《たが》いを身内だと認識しないのと同じだ。

だが、それを踏《ふ》まえて考えても、有力貴族が多い貴族院の上層部が相当複雑な婚姻関係を形成しているのは事実だ。

何しろ、ハルシオン侯爵家の当主であるアーサー・ハルシオンの兄弟姉妹だけで考えても、このカンナート平原近郊に領地を持つ貴族四家と婚姻関係を結んでいるのだ。

叔父《おじ》や叔母《おば》、祖父母の代まで数に入れれば、ハルシオン侯爵家と縁戚《えんせき》関係を持つ家がこの近郊にいったい何家存在するかは不明だ。

その上、今の話はあくまでもハルシオン侯爵家に限っての事。

アイゼンバッハ伯爵家やハミルトン伯爵家なども含めれば、数はさらに膨《ふく》れ上がる事になる。

そこに御子柴亮真への敵意や家名を守ろうという意思が加われば、多少の無理は押《お》し通《とお》して軍を編成する事は有り得るだろう。

偵察に放った伊賀崎衆が確認したところ、この主力軍には様々な家の軍旗が混在しているらしい。

恐《おそ》らく、カンナート平原に布陣する軍が近隣《きんりん》領主達によって編成された主力軍の筈だ。

だから、平原中央部に布陣している軍勢に関しては良いだろう。

少なくとも、表面的には整合性が保たれている。

だが、残りの二つの軍勢の存在がそんな亮真の仮定を否定していた。

カンナート平原の更《さら》に奥《おく》。

王国北部とカンナート平原の間に横たわる森林地帯に隠れるかの様に駐留している二つの軍勢が亮真の心をかき乱す。

（誰《だれ》だ？　誰がこの絵を描《えが》いた？）

その胸中を占めるのはただ一つの疑問だ。

後方に居る二つの軍勢の兵力は共に五百近いらしい。

部隊の配置としては、カンナート平原に布陣している軍勢を頂点にした三角形を描いている。

敵軍全《すべ》てを合計すれば二千から二千五百の間と言ったところだろうか。

亮真の手勢の二倍近い数になる。

とは言えそれはあくまでも全ての敵軍が合流した場合の話。

それに、主力の後方に位置する二つの軍勢に関しては、主力の編制に間に合わなかった部隊を後詰《ごづめ》として配置したようにも見えなくもない。

また、仮に亮真達が、平原中央部を避《さ》ける進軍経路を選んだりした場合の保険的な意味も持っているのだろう。

だが、敵の真の狙《ねら》いは別にあると亮真は考えている。

（恐らく連中の狙いは分進合撃からの包囲殲滅《せんめつ》……）

亮真の率いる軍勢を敵主力軍が抑《おさ》え、その間に後方に置いていた予備部隊が前に出て、脇腹《わきばら》を抉《えぐ》る。

その後は、亮真達を囲んで摺《す》り潰《つぶ》すのが狙いだろう。

（本当に危なかった……もし、この情報を知らないまま敵と対峙《たいじ》していたら……）

最悪の状況に陥《おちい》っていたかもしれない。

まさに首の皮一枚の差で命を拾ったと言ったところだろう。

この貴重な情報を齎《もたら》してくれた予想外の客人達には感謝してもしきれない。

だが、その感謝の気持ちを表すのは、対応策を練った後だ。

亮真は天幕の隅《すみ》に佇《たたず》む客人達へ視線を向けると、直《す》ぐに地図上の駒《こま》へと向けた。

（悪くない手だ……）

この戦術は亮真の気性《きしょう》や性格まで計算に入れている。

敵ながらに見事な物だと褒《ほ》めてやりたいほどだ。

だが、不自然な点がない訳ではない。

（特に、こいつを実現するには時間が必要な筈……）

少なくとも、王都より急報を受けてから軍を編制したのでは到底間に合わない。

つまり、事前に亮真達の行動を予測していたという事になる。

（それに、領主軍の混成部隊では指揮系統を確立するのが難しい筈だ）

兵力を揃えるという点において、近隣領主が連合を組むという選択《せんたく》は有効だ。

だが、その結果出来上がるのは烏合《うごう》の集団でしかない。

勢いに任せて突撃《とつげき》するだけならばそれでも問題ないだろうが、一度劣勢《ひとたびれっせい》に陥れば簡単に崩れる砂上の楼閣《ろうかく》の様なものだろう。

しかし、森林地帯に伏せられた敵軍の存在がその仮定を否定する。

(諸々考え合わせると、主力が近隣領主達によって形成された雑多な連合軍であるという前提も疑わしくなってくる)

勿論、疑いだせばきりが無いのは確かだろう。

だが、伊賀崎衆が集めてきた情報と、亮真の勘《かん》から導き出される答えは一つしかなかった。

(となると……やはり、平原中央に布陣する敵軍は、軍旗を偽《いつわ》った精鋭《せいえい》部隊と考えるべきだろうな……)

軍で用いられる旗は部隊の所属を表す大切な物。

指揮官はこれを見て敵味方を識別し、戦場の状況を判断する。

それこそ、騎士団《きしだん》や傭兵《ようへい》団を問わず、戦場に赴く集団にはなくてはならない物だと言っていいだろう。

ある意味、騎士《きし》にとっては自らの命以上の価値を持っている。

だが、如何《いか》に軍旗が大切な物であるとはいえ、所詮《しょせん》はただの旗でしかない。

汚れれば予備の品と取り換えるし、他の部隊の軍旗を偽って掲《かか》げる事だって不可能ではないだろう。

それに、策略の内容自体はそれほど高度でも奇抜《きばつ》でもない。

ほんの少しでも策略に長《た》けた人間ならば、誰でも考え付く程度の物だ。

だが、だからこそ亮真は今回の絵を描いた人間が恐ろしかった。

その平凡《へいぼん》な一手が、自分達を絶体絶命の窮地《きゅうち》へと追い込もうとしていたのだから。

「狙撃《そげき》の一件と言い、エレナさんの離反といい……こいつはやっぱり誰かに嵌《は》められたみたいだ……な」

そう言うと、亮真は大きなため息をつく。

その胸中に渦巻《うずま》くのは怒《いか》りと屈辱《くつじょく》の入り混じった何か。

それは恐らく、この大地世界に召喚《しょうかん》されてより今日までの間で感じる初めての敗北感なのだろう。

(別にこの世界を舐《な》めていた訳じゃないんだけれどもな……)

亮真は敵を侮《あなど》った事は一度としてなかった。

それは、日本で暮らしていた時も大地世界に召喚された後も変わってはいない。

敵を侮れば、何時か必ず足下《あしもと》を掬《すく》われると教え込まれてきたから。

だが、大地世界に召喚されてから、今日まで亮真は勝ち続けてきた。

そして、勝ち過ぎたのだ。

その積み重ねてきた勝利が、亮真にほんの僅《わず》かな油断を生じさせたのだろう。

「やっぱり、黒幕はメルティナ・レクターかい？　それともミハイル・バナーシュの方かねぇ？」

恐らく、亮真と同じ結論に達したのだろう。

沈黙《ちんもく》を守っていたリオネの口からそんな言葉が零れた。

それは、未だに沈黙を守るローラやロベルト達の脳裏《のうり》に浮《う》かんだ顔と同じ人物の名だ。

しかし、そんなリオネの言葉に対して亮真は首を横に振《ふ》る。

「さぁ、現状では何とも言えないな。ただ、平原の中央部に布陣している敵軍が近隣領主による連合軍でないのであれば、残る可能性は王国直属の騎士団だろうからね。あの二人が無関係だとは到底思えない」

その言葉に誰もが無言のまま小さく頷《うなず》いた。

「ならやはり、敵は王国騎士団だと考えた方が……」

「安全だろうねぇ」

サーラの言葉にリオネが素早《すばや》く賛同した。

実際、敵を領主連合の混成軍と想定して戦術を練るのと、王国の主力部隊である騎士団を想定して戦術を練るのとでは、取るべき選択肢《せんたくし》が全く異なってきてしまう。

野球で例えるならば、草野球チームを相手にするつもりで準備してきたのに、試合直前になってプロ野球選手を相手にする事になったようなものだろう。

そして、そう言う状況《じょうきょう》になった場合の心の動揺と言うのはかなり大きい。

言うなればこれも一種の奇襲《きしゅう》戦法と言えるだろう。

自分の実力通りの力を出す事はまず不可能。

だが、事前に知っていれば、話は変わる。

「それで旦那《だんな》。具体的にはどうするんだい？　もし俺《おれ》とシグニスで敵陣に切り込めと言うのなら喜んで切り込んで見せるがねぇ？　何しろこちとら大分暇《ひま》を持て余しているからな」

そう言って挑発的《ちょうはつてき》な視線を亮真に向けるロベルト。

余程自分とシグニスの武勇に自信があるのか、どうやら本気で言っているらしい。

実際、ここ最近ロベルト達に仕事らしい仕事はない。

強《し》いて挙げるとすれば、先日ザルツベルグ伯爵《はくしゃく》の別邸《べってい》で行われた夜会の警護として、屋敷《やしき》の周辺を警備していた事くらいだろうか。

ただ、警備という仕事は敵の襲撃《しゅうげき》が無ければ基本的に暇だ。

また、襲撃者の対応自体は亮真と伊賀崎衆を率いた咲夜《さくや》が対処した為《ため》、ロベルトとしてはただ屋敷の周りを散歩していたようなもの。

結局、武人としてのロベルトには戦場と言う仕事場が必要不可欠なのだ。

だからこそ、ロベルトはこの危機的状況を楽しんでさえいた。

実際、亮真が命じれば、ロベルトはたとえ単騎であっても敵陣に切り込んだだろう。

だが、同じ【ザルツベルグ伯爵家《はくしゃくけ》の双刃《そうじん》】と謳われた猛将であっても、シグニスは別に戦場に飢《う》えている訳ではないらしい。

実際、突然自分の名を引き合いに出されたシグニスにしてみれば、いい迷惑《めいわく》でしかない。

だから、声を荒《あら》らげながらロベルトを叱《しか》る。

「おい、ロベルト。まったくお前という奴《やつ》は！　軍議の場を乱す奴があるか！」

それは極めて常識的な指摘《してき》だっただろう。

この場に居る誰もがそのことを認めていた。

だが、そんなシグニスの言葉もロベルトにはなんの痛痒《つうよう》も感じさせなかったらしい。

悪びれる様子もなく右手の小指を耳の穴に突っ込むと、ひとしきり自分の耳くそをほじくって見せる。

そしてこれ見よがしに息で吹《ふ》き飛《と》ばす。

「何だシグニス。お前、自信が無いのか？」

そんな親友の態度に、シグニスは拳《こぶし》を震《ふる》わせながら耐《た》えた。

恐らく、主君である亮真が居なければ、その巨大《きょだい》な握り拳を遠慮《えんりょ》なくロベルトの顔面に叩きつけていた事だろう。

そんなロベルトとシグニスのやりとりを見て亮真は思わず笑ってしまった。

勿論、亮真は二人を止めるつもりもなければ、咎《とが》めるつもりもない。

豪胆《ごうたん》なロベルトも、冷静沈着《ちんちゃく》なシグニスも共に亮真の大切な剣《つるぎ》。

そして、剣はあくまでも人の命を絶つ武器であり、武器は使われてこそ意味がある。

(まぁ、使い手を選ぶ剣なのは間違いないだろうけどね……)

それを理解しているからこそ、亮真はロベルトの希望を叶《かな》える事にした。

「ええ、少し危険な博打《ばくち》になりますが、ロベルトの希望を叶えるとしましょう。勿論シグニスさんにもお願いします。お二人には各男爵《だんしゃく》家から選抜した百五十騎《き》の騎兵《きへい》を率いて敵陣に切り込んでもらいます」

その思いがけない言葉にロベルトは思わず隣《となり》に座《すわ》るシグニスへ顔を向けた。

そしてひとしきり大声で笑う。

亮真の言葉の意味を察したのだろう。

その顔は呆《あき》れや驚きというよりも、歓喜《かんき》の色が浮かんでいる。

「どうだぁシグニス。これが我が敬愛する主君の偉大《いだい》さだ。いやぁ、まだ若いというのに俺という人間を実に理解されている」

だが、道連れを指名されたシグニスは冷静だった。

「それはつまり、中央部に布陣している敵陣を突破しろという事でしょうか?」

普通《ふつう》に考えれば、平原中央部に布陣している敵軍への切り込み役に決まっている。

だが、亮真の言葉から何か察したのだろう。

そんなシグニスに亮真は深く頷いて見せた。

そして、黒塗《くろぬ》りの駒を三つ地図上の本陣《ほんじん》の上に乗せた。

駒の種別は騎兵二つに歩兵一つ。

そして、亮真は無言のままゆっくりと駒を地図上で動かして見せた。

その後、しばらく誰も口を開く人間は居なかった。

亮真の提示した戦術が可能かどうかを頭の中で考えているのだろう。

「成程ねぇ……坊《ぼう》やは相変わらず面白《おもしろ》い事を考えだすよ」

その言葉に含まれているのは感嘆《かんたん》と賛同。

それは、この戦術の肝《きも》となるロベルトやシグニスも同じ意見らしい。

そんな周囲の反応を確かめ、亮真は深く頷いた。

「では、各自明日の準備を」

その言葉に従い、リオネ達が部隊編成の為に天幕を次々に後にしていく。

最後に咲夜がチラリと亮真に向かって視線を向けた。

だが、亮真が小さく頷き返すと直ぐに視線を戻し足早に出ていく。

「さて……と……」

そう言うと、亮真は周囲を軽く見まわす。

「亮真様。私達も席を外した方が？」

亮真の背後に控《ひか》えるローラが亮真へ確認《かくにん》する。

だが、亮真はその問いに首を横に振ってみせた。

（ローラとサーラは居てくれた方が良いだろうな……）

正直、これからどんな会話が行われるのか、予想外の展開に亮真自身も想像がつかないのだ。

だが、その内容は確実に今後の御子柴男爵《だんしゃく》家の行く末に対して影響《えいきょう》を及《およ》ぼす事だけは確かだろう。

ならば、亮真がこの大地世界に召喚されてより最も長い時間を共有してきた双子《ふたご》の姉妹には聞いて欲《ほ》しいと思うのだ。

彼女達《かのじょたち》はたとえ血が繋《つな》がらなくとも、家族なのだから。

そんな亮真の思いを感じ取ったのか、ローラとサーラは無言のまま後ろに一歩下がる。

すると、それと示し合わせたかのように、天幕の隅に佇んでいた三人が亮真の前に歩み出た。

そして、その三人組のリーダー格と目される老人が一歩前に進む。

その顔は亮真の良く知る人物。

ただし、同時に決してこの大地世界に居る筈《はず》のない人間の顔だった。

「何度見ても自分の目が信じられないぜ……本当になんでここに居るんだよ……爺《じい》さん」

亮真の口からため息が零れた。

何しろ、目の前で笑《え》みを浮かべる人物は、ここに居る筈のない人間なのだから。

(まさか……生きてまた会えるなんてな……)

オルトメア帝国の主席宮廷《きゅうてい》法術師であったガイエス・ウォークランドの手によってこの大地世界に召喚《しょうかん》され、二度と会う事は無いと覚悟《かくご》した祖父の顔だ。

嬉《うれ》しさと戸惑《とまど》いが亮真の心をかき乱す。

如何《いか》に鋼《はがね》の如《ごと》き精神を持つ亮真であっても平静を保つのは難しかった。

そして、そんな孫の反応を予想していた御子柴浩一郎は静かに頷く。

「久しいな……我が孫よ」

短い言葉だ。

だが、そこには浩一郎の亮真に対する想《おも》いが満ち溢《あふ》れている。

その夜、天幕の中から零れる光は、深夜まで消える事は無かった。

翌日の正午頃《ころ》。

太陽の日差しが照り付ける中、亮真達はカンナート平原の中央部で布陣していた敵軍と交戦していた。

編制はリオネが指揮する重装歩兵を先陣として配置し、亮真が直接指揮する騎馬隊《きばたい》を後方に置いた鋒矢《ほうし》の陣。

形としては矢印の様な形がイメージしやすいだろうか。

そして彼等の周辺には、敵の斥候《せっこう》部隊や奇襲《きしゅう》部隊に対応する為、伊賀崎衆の戦忍《いくさしの》びが結界を張り警戒網《けいかいもう》を形成している。

対して、敵軍は各所に馬防柵を設けた上で、重装歩兵の壁《かべ》を形成するオーソドックスな防衛体制の様だ。

しかし、その頑強《がんきょう》さは鉄壁《てっぺき》と言っても良いだろう。

攻撃《こうげき》重視型である鋒矢の陣を選んだ亮真に対して、敵の指揮官は守りを重視したらしい。

まさに盾と矛の戦いと言えるだろう。

開戦から既《すで》に二時間程《ほど》が経過しただろうか。

リオネは着実に敵軍を圧迫《あっぱく》していた。

本来、重装歩兵は鋒矢の陣には向かない兵種だ。

何故なら攻撃重視型である鋒矢の陣は前面の敵を粉砕《ふんさい》するには有効でも、側面攻撃に弱いという弱点がある。

また、敵陣の突破に必要な機動力にも欠けるからだ。

しかし、そんな欠点も、リオネの手腕に掛《か》かれば強みに逆転する。

重装歩兵を陣形《じんけい》の全面に配置する事で、リオネは機動力を捨て突破力を失った代わりに、絶対的な防御力《ぼうぎょりょく》と、着実に前へと進む事に因る威圧《いあつ》感を得たのだ。

そしてそれは、真綿で首を絞《し》められる様な圧迫感と恐怖《きょうふ》を敵に与《あた》える。

（第一と第二防衛戦は打ち破ったわね……問題は敵陣迄《てきじんまで》あと幾《いく》つ防衛線が張られているか……か）

しかし、比《ひ》較的《かくてき》有利な戦況《せんきょう》にも拘《かか》わらずリオネは不満を持っていた。

「やはり、坊やの予想通りだったみたいだねぇ……一気に前線を押し潰せれば一番よかったんだが、やっぱりそう都合良くはいかないか……」

前線で兵の指揮を執《と》っていたリオネが小さく呟《つぶや》く。

身に着けている武具の性能では、リオネの率いる歩兵部隊の方が数段上の筈だ。

確かに、兵数的には亮真達の方が少ないし、敵は馬防柵などを設営して防御を固めているが、所詮は即席《そくせき》で作られた物。

武具の性能の差を覆《くつがえ》すほどではない。

それなのに、敵兵はその差を感じさせないほどの奮戦《ふんせん》ぶりを見せている。

高い練度と士気を保っている証拠《しょうこ》だ。

　そしてそれは、指揮系統を確立しにくい連合軍では考えにくい。

（この感じだと、連中が掲げている軍旗も取り換《か》えている可能性が高いだろうねぇ。まったく、騎士の癖《くせ》に傭兵みたいな真似《まね》をする、騎士道《きしどう》も地に落ちたって感じだよ）

　そんな思いを抱《いだ》きながら、リオネは目の前に入り乱れる様々な紋章《もんしょう》を掲げた軍旗を一瞥《いちべつ》する。

（となると……こっちが後方に敵を押し込んでいるっていうのも、向こうの計算の内か……連中の陣形が徐々に窪《くぼ》んできているのも恐らくは、後方の軍がこっちに駆けつけてくるまでの時間稼《かせ》ぎの可能性が高いね……）

　ゆっくりとだが一歩ずつ確実に前進を続けるリオネの重装歩兵。

　彼等による圧力を受け、敵の陣形は徐々に横に広がった横陣からその姿を変えている。

　形としては丁度三日月の様な弧《こ》を描きつつある形だ。

（形としては悪くないけれどもね……）

　本来であれば、此処《ここ》から亮真の騎馬隊を投入して敵陣突破《てきじんとっぱ》を狙うべきなのだろう。

　罠《わな》の可能性もあるが、亮真達が育てた軍にはそれを力で噛《か》み破る力がある。

　賭《か》けに出るだけの勝機はあるのだ。

　少なくとも傭兵部隊【紅獅子《べにじし》】の隊長だった頃のリオネであれば、こんな絶好の機会を見逃《みのが》しはしない。

　だが、リオネはその選択肢を選ばなかった。

　確かに勝機はある。

だが、絶対ではないし、仮に勝ったとしても自軍に大きな損害が出るのは目に見えていた。

そして、今のリオネは傭兵団【紅獅子】の長ではない。

御子柴男爵家に仕える騎士であり、上級将校の一人なのだ。

(まぁ、焦《あせ》る事は無いか……坊やの命令に従って着実に一歩ずつ前にって……ね)

だから、リオネは時が過ぎるのをただ待ち続ける。

獣《じゅう》の咆哮《ほうこう》が聞こえて来るその時まで。

兵の損耗《そんもう》を最小限に押さえつつ、ただジッと……


リオネがそんな事を考えていた丁度その頃、敵の本陣では、この軍の指揮官であるクレイ・ニールセンもまた、次々と飛び込んでくる伝令の報告にただジッと耳を傾けていた。

そして、報告を聞き終えたクレイは矢継《やつ》ぎ早《ばや》に命令を下していく。

「成程《なるほど》……第十三部隊が後方に下がったか……では、負傷した隊員を補充《ほじゅう》の人員と交換《こうかん》したのち、再度中央の防衛に加わる様に第十三の隊長に指示を伝えてくれ」

クレイは禿《は》げ上がった頭に口から顎《あご》にかけて豊かな鬚《ひげ》を生やした五十がらみの大男だ。

右耳は長年の戦場暮らしの中で失ったらしい。

まさに凶相《きょうそう》という言葉がピッタリな風貌《ふうぼう》。

身長は百九十センチくらいだろうか。

愛用の鎧《よろい》には、無数の傷が刻み込まれている。

どう見ても真っ先に敵陣《てきじん》に乗り込む切り込み役といった風体《ふうてい》だろう。

少なくとも、その外見からは、とても本陣に籠《こも》って軍の指揮をとれるタイプの人間だとは思えない。

だが、そんな第一印象とは裏腹に、クレイは後方の本陣で指揮官としての役割をただ黙々《もくもく》と果たしていた。

いや、役割を果たすどころではない。

部隊が後方に下がるという報告を受けても泰然《たいぜん》としたクレイの姿は、周囲の人間達に安心感すらも与えているのだ。

その姿はまさに山の如しと言ったところだろうか。

「どうやら少しばかり押されてきたか……やはり、ただ者ではないという事か……」

そう小さく呟くと、クレイは地図の上に置かれた駒を動かしていく。

「はい……敵軍がこちらの中央突破を図《はか》ることまでは予想していたのですが、まさか重装歩兵を前面に出してくるとは……」

悔《くや》し気《げ》な副官の言葉。

それはこの場に居る誰もが感じていた事だ。

しかし、クレイはそんな副官を軽く宥《なだ》める。

「気にするな……戦場では不測の事態など珍《めずら》しくもない……それに、多少押し込まれているとはいえ、この状況は想定の範疇《はんちゅう》だ」

そう言うと、クレイは地図の上に置かれた駒の二つに視線を向けた。

それは、自分達が居る本陣の後方に広がる森林地帯の上に置かれている。

「それで？　連中からの連絡《れんらく》はまだ来ないのか？」

勿論、まだ来ていない事は分かっている。

だが、それでもクレイは副官へ尋《たず》ねずにはいられなかった。

そして、副官もクレイが予想した通りの言葉を口にする。

「はい、こちらの状況に関しては逐一《ちくいち》伝令を差し向けているのですが、未だ……」

「そうか……では、引き続き注意していてくれ。ミハイル殿《どの》とメルティナ殿が立案したこの策の詰《つ》めを誤る訳にはいかんのだから」

そう言って頷くと、クレイは丸太の様な腕《うで》を組むと静かに目を閉じた。

それは長らく戦場に生きてきたクレイの癖。

表面的には泰然自若《たいぜんじじゃく》としていても、クレイもまた人間だった。

完全に動揺《どうよう》を抑える事など不可能だろう。

その上、今回の戦術は分進合撃からの包囲殲滅。

決まれば一瞬《いっしゅん》で勝敗が決するほどの大技《おおわざ》だ。

一度包囲を完成させてしまえば、相手がいかに【救国の英雄】だの【イラクリオンの悪魔《あくま》】などと謳われる御子柴亮真であったとしても為《な》す術はないだろう。

だが、それはあくまでも策が成功すればの話。

そして、大技と言うのは威力が高い反面、失敗すれば一転して自分達が窮地に陥る。

そんな危険な賭けに己《おのれ》の全てを賭けるのだ。

だから今、クレイは静かに己の心の声に耳を傾けようとする。

（少し気にし過ぎだろうか？　いや……もう少し待てば必ず情報が届くだろう……）

情報伝達手段が限られているこの大地世界では、他軍との連携《れんけい》は困難を極める。

ましてや友軍は既にこちらに向かって進軍しているのだ。

それに、友軍は御子柴軍の側面を突《つ》く為に、かなり大きく迂回《うかい》した進路をとっている。

上手《うま》く伝令が友軍と合流出来るかどうかは、運によるところが大きい。

場合によっては、戦闘《せんとう》が終わってもまだ、伝令は友軍の姿を求めてカンナート平原を彷徨《さまよ》う場合だって考えられるのだから。

だが、それを理解していても尚《なお》、クレイは不吉な予感に囚《とら》われていた。

しかし、賽《さい》は既に投げられている。

多少不吉な予感を感じたからと言って、今更《いまさら》止める事は出来ない以上、このまま時が来るのを待つほかに道はない。

「このまま継続《けいぞく》する。良いか、少しずつ陣形を窪ませながら時を待て！」

それは、致《いた》し方《かた》のない決断だっただろう。

しかしそれは、クレイにとって痛恨《つうこん》のミスとなる。

中天にあった太陽がザルーダ王国との国境沿いに聳《そび》え立《た》つ山々の向こう側に沈《しず》んでいく。

戦況は遂《つい》に最後の山場を迎《むか》えようとしていた。

ロベルト・ベルトランは前方に見える敵軍を睨《にら》みながら愛用の武器である長柄《ながえ》の戦斧《せんふ》を振りかぶる。

背後に控えるのは長年苦楽を共にしてきた戦友達《たち》。

数こそ百五十騎《き》程《ほど》と少ないが、全員が歴戦の勇者だ。

それに、別動隊を襲撃したさいに奪《うば》い取ったローゼリア王国の軍旗を掲げて近づいたため、敵はまだロベルト達を味方だと誤認《ごにん》している。

（全く……あの旦那は若いくせに辛辣《しんらつ》だねぇ……自分が嵌められた策をそのままやり返して見せたよ）

これから起こるのは分進合撃からの包囲殲滅。

ただし、当初とは配役が入《い》れ替《か》わっている。

つまり、仕掛《しか》けるのが亮真達であり、仕掛けられるのが敵であるクレイ・ニールセン達という事だ。

（騎士としての名誉《めいよ》をかなぐり捨ててまで掴《つか》もうとした勝利を逃《のが》すとは、敵ながらお気の毒様としか言いようがないが……まぁ、うちの旦那を敵に回した事を後悔《こうかい》するんだな）

既に、相棒であるシグニスの部隊も準備が出来ていると伊賀崎衆の密偵《みってい》から連絡は受けている以上、何の遠慮も必要ではない。

後は残った仕事を片付けるだけだ。

だから、ロベルトは大声で命じた。

「軍旗を掲げろ！」

その声に従い、ロベルトの周りに翻《ひるがえ》っていたローゼリア王国の軍旗が倒《たお》され御子柴男爵家の家紋《かもん》である剣に絡まった金と銀の双頭《そうとう》の蛇《へび》が空に舞《ま》った。

「突っ込めぇぇぇ！」

その声と同時に、ロベルトの戦斧が勢いよく振り下《お》ろされた。

そして、ロベルトは馬の腹を蹴ると、勢いよく敵陣に向かって切り込んでいく。

そう、無防備なままさらけ出した本陣の後ろから。

それは、まさに人の形をした災害。

そして、その災害は今迄《いままで》味方だと思い油断していた敵兵達の命をまるで雑草でも刈《か》り取るかのように奪っていく。

「おぉらぁ！　敵将は何処《どこ》のどいつだ！　大人しく出てきやがれ！」

怒号《どごう》が飛び交《か》い、血の華《はな》が大地に大輪の花を咲《さ》かせていく。

ロベルトの戦斧が唸《うな》りを上げて空を切り裂《きさ》き、その度に悲鳴が上がった。

その時、ロベルト達が突入《とつにゅう》した戦線とは反対側の方でも喚声《かんせい》と怒号が沸《わ》きあがる。

「シグニスの野郎《やろう》も派手に始めたようだな！」

恐らくシグニスも今頃《いまごろ》は愛用の鉄棍を縦横無尽に振り回している事だろう。

だから、ロベルトも負けじとばかりに前へと切り込んでいく。

それが、新たな主君の道を切り開く己の仕事だと理解していたから。


その後、前線をリオネに任せて後方に待機していた亮真の騎馬隊が敵の前線を突破《とっぱ》。

その動揺を突いて敵本陣を強襲《きょうしゅう》したシグニスの手によって、敵将であるクレイ・ニールセンは討《う》ち取られ、カンナート平原の戦いは終わりを告げた。

しかし、それは新たな戦乱の前触《まえぶ》れでしかない。

数日後、カンナート平原での戦に敗れた事を知ったルピス・ローゼリアヌスは遂に、亮真を国賊《こくぞく》として認定《にんてい》。

ウォルテニア半島へ向けて征伐《せいばつ》軍を派兵する事を王国全土へ向けて宣言したのだ。

エピローグ

窓ガラスに激しい風雨が打ち付ける。

年に何回か訪《おとず》れる大雨の日だ。

カーテンを閉め切ったこの部屋は、日中であるにも拘《かか》わらずいつも以上に薄暗《うすぐら》かった。

普通ならば、蝋燭《ろうそく》かランプの灯《あか》りを付けるだろう。

だが、部屋の主はこんな陰気《いんき》で薄暗い部屋でも特段不満はないらしい。

何故《なぜ》なら、灯りがあったところで使い道がない。

何しろ、この部屋の主は何年もの間、ベッドの上に体をただ横たえるだけの生活を続けているのだから。

激しい咳《せ》き込みが部屋の中に響《ひび》く。

何時《いつ》もと同じ発作《ほっさ》が起こり、久世昭光《くぜあきみつ》は閉じていた目をカッと見開いた。

そして、枕元《まくらもと》に置いてある布で口元を押さえた。

その口中に広がるのは、錆《さ》びた鉄の味だ。

（だんだんと発作が起きる間隔《かんかく》が短くなる……だが、まだ死ぬ訳にはいかない）

その想《おも》いが、死病に蝕《むしば》まれた久世の体から魂《たましい》が抜《ぬ》けてしまう事を防いでいた。

咳《せき》が治まるのを待って、久世昭光はゆっくりと体を起こすと、口元を押さえていた布を足元に置いてあった屑入《くずい》れへと捨てる。

そして、血の味を洗い流す為に、枕元の水差しへと手を伸《の》ばした。

その時、この部屋に居ない筈の人物の声が響く。

「どうやらお加減があまり良くないようですね。久世さん……」

何時の間に居たのだろう。

部屋の片隅《かたすみ》に何時の間にか、一人の男が佇んでいた。

薄暗く視界の悪い部屋だ。

その上、声の主と久世との距離《きょり》は五～六メートルは離《はな》れている。

だが、本来久世が呼ばなければ誰も入ってこない筈の部屋に何時の間にか無断で入り込んだこの不審《ふしん》な人影《ひとかげ》を、彼は咎めようとはしなかった。

いや、それどころか、久世は丁寧《ていねい》な口調でこの不審者《ふしんしゃ》に挨拶《あいさつ》をする。

「御見苦《おみぐる》しいところをお見せいたしました……申し訳ありません、普段《ふだん》は寝《ね》たきりですので灯《とも》りを灯す事が無いのです。ただいま準備致しますので少々お待ちください」

そう言うと、久世はゆっくりと体を起こし、ベッドから降りようとする。

どうやら、この不審者の為に部屋の灯りを付けたい様だ。

だが、それはこの西方大陸の闇《やみ》に隠然《いんぜん》とした力を誇《ほこ》る組織と呼ばれる集団の長の一人である久世昭光という男には似合わない行動と言えるだろう。

しかし、久世本人はその事に対して何の不満も抱いていないらしい。

だが、ベッドに寝た切りの病人を働かせて平然としていられるほど、この不審者も鬼《おに》ではなかったようだ。

「どうぞそのままに。私が付けましょう」

そう言うと、不審者は慣れた足取りで壁際《かべぎわ》に置かれていた棚《たな》の上から油と火種を取り出すと、机の上に置かれていたランプに灯りを灯す。

そんな不審者に対し、久世はベッドの上に体を起こすと、謝罪の言葉を口にする。

「申し訳ございません……須藤《すどう》様……」

そして、そんな久世の態度に対して、須藤秋武《あきたけ》は普段と変わらぬ人の好《よ》さげな笑《え》みを浮かべてみせた。

そして、枕元に置いてあった水差しとコップを手にする。

「なぁに、そんなに気にする事はありませんよ。私と貴方《あなた》はお互い持ちつ持たれつなのですから……ね」

そう言うと、須藤は久世に水を注いだコップを渡《わた》す。

「どうぞ。遠慮なくお飲みください。お薬を飲むおつもりだったのでしょう?」

「恐れ入ります。それでは失礼して……」

須藤の言葉に促《うなが》されたまま、久世は用意してあった薬包《やくほう》を広げ水と共に口へと流し込んだ。

そして、深呼吸をすると、再び久世は須藤に対して深々と謝罪した。

「お出迎《でむか》えもせず、申し訳ございません」

そんな久世の態度は、部下が上司に向かって頭を下げた時の様子によく似ていた。

そして、須藤もそんな久世に対して不自然だとは感じていないらしい。

それは、部屋の主人である久世に一言の断りもなく、壁際に置かれていた椅子《いす》をベッドの横まで移動させて座った事からも明らかだった。

「それで……急に私を呼《よ》び戻《もど》した理由をお聞きしても？　確かに私なら龍脈《りゅうみゃく》の流れを利用して瞬時《しゅんじ》にローゼリア王国と行き来が出来るとはいえ、何しろ寄る年波にはキツイ術なのであまり頻繁《ひんぱん》に使いたくないんですよねぇ……」

須藤はそう言って自分の肩《かた》を軽く叩《たた》いて見せる。

そんな須藤の態度に、久世は苦笑いを浮かべた。

龍脈とはこの大地世界《アース》を循環《じゅんかん》する気の流れの事。

人体で例えれば血液を運ぶ血管の様なものだろうか。

そして須藤は、その龍脈の流れにその身を同化させる事で、通常の文法術師《ぶんほうじゅつし》では考えられない様な距離を一瞬で移動する術を持っていた。

勿論《もちろん》、それは常人では真似の出来ない秘儀《ひぎ》。

もし仮に、須藤と同じ事を他の誰かがやろうとすれば、その人間の末路は一つしかない。

龍脈を流れる膨大《ぼうだい》な気に翻弄《ほんろう》され、意識と体をバラバラにされて終わりだろう。

そしてそれは、移動手段が馬や徒歩といった物に限られているこの大地世界において、圧倒《あっとう》的な優位性を誇っている。

須藤が表向きはオルトメア帝国《ていこく》の諜報《ちょうほう》部隊に所属して工作活動をしていながら、同時に組織としての仕事を両立させる事が出来る理由だ。

（この方は相変わらずか……私が急遽《きゅうきょ》お呼び立てする事でこの方のご機嫌《きげん》を損ねる可能性もあったが、どうやら今のところ悪くはない様だな……）

久世は組織の長達《おさたち》の中でも、三本の指に数えられる実力者だ。

だが、それでも、目の前でにやけた笑みを浮かべる須藤に対しては細心の注意が必要だった。

何故なら、須藤秋武という男は強者。

それも恐《おそ》らくは、この大地世界全体を見回しても並ぶべき者が居ないとまで思われる突き抜けた存在だった。

（超越者《ちょうえつしゃ》……人と言う枠《わく》を超えた化け物……）

人の体に存在するチャクラは七つ。

その七つ目のチャクラであるサハスラーラは別名王冠《おうかん》のチャクラとも呼ばれ、これを回す事の出来る人間は人と言う種族を極《きわ》めた存在と言っていい。

彼等《かれら》が到達者《とうたつしゃ》と呼ばれる理由だ。

だが、須藤秋武という存在はそんな到達者の更《さら》に先の境地へと至っている。

その上、目の前で笑みを浮かべる化け物は実に気まぐれで気分屋だ。

下手に口上を述べれば、それだけ須藤の機嫌を損ねる事を長年の経験上身に染《し》みて理解していた。

だから、久世は素直《すなお》に自分の胸中を口にした。

「申し訳ございません……ただ、どうしても直接お話をしておきたいと思いまして……」

「ほう……私に……良いでしょう。折角此処迄《せっかくここまで》足を延ばしたのですから、分かる範囲《はんい》でお答えしましょう」

久世の言葉に対して須藤は愉快《ゆかい》そうに笑う。

その態度から、久世は全《すべ》てを察した。

(この方は私の問いを予想されていたのだな……ならばやはり……)

それは、久世にとって決して良い事ではなかった。

だが、それが分かったところで、久世の行動に変わりはない。

何故なら久世にはどうしても須藤の口から確認しなければならない事があるのだから。

「ではお言葉に甘《あま》えて……須藤様は何故《なぜ》、浩一郎《こういちろう》の孫に対して色々と策謀《さくぼう》を巡《めぐ》らせておられるのでしょうか？　何かお考えがおありなのであればお教えください」

それは、久世にとってどうしても確認しなければならない問いだ。

(エレナ・シュタイナーの件と言い、狙撃の件といい、この方は何故……何か御子柴亮真《みこしばりょうま》という男に含《ふく》むところがおありなのだろうか？)

その疑問が、久世の心を縛《しば》り付《つ》けている。

勿論、組織として御子柴亮真を表立って援助《えんじょ》する事は難しいだろう。

組織はあくまでも影《かげ》の存在なのだから。

とは言え、ギルド経由で組織の人間を傭兵や冒険者《ぼうけんしゃ》としてローゼリア王国へ送り込む事は可能だし、傘下《さんか》の商会を通じて経済的な援助を行う事も出来る。

いや、御子柴亮真という男の才覚を考えれば、組織が影から援助などしなくても勝手に力をつけていくだろう。

(だから問題はただ一つ……このお方の考えだけ……)

組織の序列上、久世より上の人間は存在しない。

同格の長老衆が居るだけだ。

それに、仮に同格の長老が出した命令でも、久世であれば止める事が出来るだけの力を持っている。

ただし、須藤秋武に関してだけは話が別なのだ。

だから須藤の不興を買う事を覚悟《かくご》の上で、久世は尋ねた。

そして、須藤の回答次第《しだい》では自らの命と引き換えに嘆願《たんがん》をする覚悟を固めていた。

(それが友人の孫にしてやれる唯一《ゆいいつ》の事だ……)

その思いが、久世を突き動かすのだ。

そんな久世の覚悟に対して、須藤は揶揄《からか》う様な笑みを浮かべた。

そして、久世の問いに答える。

だが、それは決して久世が想像していたような答えではなかった。

須藤との会談を終え、久世はランプの灯りを消し再びその身をベッドに横たえていた。

だが、目を閉じて体を休めようとしても、久世の脳は眠《ねむ》る事を拒《こば》む。

「より良い明日の為……か」

それは組織の発足《ほっそく》当初から連綿と受《う》け継《つ》がれてきた理念。

何百年も前、この大地世界へ召喚された一人の男が、この地獄《じごく》の様な世界で自分と仲間、そして地球から召喚された同郷の者を守る為に組織を作り上げた際に掲《かか》げた願いだ。

そして、須藤は久世の問いに対して、この言葉を口にした。

自分は、より良い明日を創《つく》る為に戻ってきたのだと。

それは一見、組織に忠誠を誓《ちか》っている様にも受け取れる。

いや、須藤の正体と彼《かれ》の行動を知らない組織のメンバー達は、その言葉に感銘《かんめい》すら受けるかもしれない。

だが、裏を知る久世にしてみれば、どうしてもその言葉を素直には受け止められないのだ。

(今回、須藤がローゼリア王国で行った一連の工作活動にしてもそうだ)

確かに、須藤の言う組織の為と言う言葉に嘘《うそ》はないだろう。

だが、策の成功にも失敗にもこだわらないとなれば、意味合いが大分異なってくる。

そして、その理由を久世は何となく察していた。

(あの方は……危険を楽しんでいるのではないか……)

その思いが久世の脳裏《のうり》から離れない。

時折見せる狂気《きょうき》を宿した眼光が脳裏に浮《う》かび、久世は思わず体を震わせた。

（だが……私に何が出来る？）

久世自身も、第七のチャクラであるサハスラーラを回す事に成功した到達者。

死病に侵《おか》された身でありながらも、未《いま》だに命を長らえていられる理由も、その体内に膨大な量の生気《プラーナ》を宿しているからに他ならない。

しかし、そんな体で何が出来るのだろうか。

確かに、十秒程度であれば、久世はその膨大な生気を消費しながら戦う事が出来る。

だが、それで終わりだ。

その十秒程度の戦闘によって生気が枯渇《こかつ》すれば、久世は確実に命を失う事になるだろう。

それに、久世には須藤を止められない理由が他にもあった。

（あの方を止める？　いや……そんな事は出来ない……あの方の行動は常に組織にとって最善だ……それは分かっている……）

久世は須藤秋武という男に忠誠と敬意を抱いていた。

何故なら、須藤秋武こそがこの組織の創始者であり真の支配者なのだから。

確かに、須藤の行動や謀略《ぼうりゃく》の仕掛け方に色々と思うところがあるのは事実だ。

だが、だからと言って反旗を翻すなど思いもよらない事。

少なくとも、須藤の行動が組織にとって明白な害となるその日まで、久世に出来る事はただ誠意をもって頼《たの》む事だけだ。

しかし、それが何の意味も持たない事は久世自身も理解していた。

(浩一郎……お前に逢《あ》いたい……逢って全てを……だから、私はそれまで死ぬ訳にはいかないのだ)

数奇《すうき》な運命によって一度は失った友の帰還《きかん》。

だが、今の状況《じょうきょう》では気軽に話をする事すらままならない。

だから、久世は再び静かに眠ろうとする。

いつの日か、己の想いを託《たく》せる日が訪れる事を夢見て。


しかし、神ならぬ身である久世はまだ知る由もなかった。

この日、ローゼリア王国南端《なんたん》に位置する国境の街ガラチアを数千の軍勢が訪れていた事と、彼等が頭上に頂く軍旗に刻まれた天秤《てんびん》の紋章に。

そして、新たなる戦禍《せんか》が訪れることを知らせる角笛が吹き鳴らされた事を。

あとがき

殆どいないとは思いますが、今回初めてウォルテニア戦記を手に取ってくださった皆様はじめまして。一巻目からご購入いただいている読者の方々、四ヶ月ぶりです。作者の保利亮太と申します。

この巻で、長かった貴族院との闘争も一応の一区切りつくことになります。

そして、メルティナの覚醒や、エレナと須藤が急接近してきた点も目が離せません。

そんな見どころ一杯の17巻ですが、さらにこの巻でシリーズ初の試みとなる、戦場の戦力配置を地図にして挿入しています。より読者の皆様には戦場のイメージが付きやすいかと。

もっとも、この巻では戦場の勝敗しか書いてなくて、戦術的な意味や、その舞台裏なんかは次巻に持ち越しになっています。

謎解きみたいな感じですので、答えを知りたい方は是非、次の18巻をお楽しみに。

それでは、今後もウォルテニア戦記をよろしくお願いいたします。

HJ NOVELS
HJN09-17

ウォルテニア戦記XVII

2020年11月21日　初版発行

著者——保利亮太

発行者—松下大介
発行所—株式会社ホビージャパン
〒151-0053
東京都渋谷区代々木2-15-8
電話　03(5304)7604（編集）
　　　03(5304)9112（営業）

印刷所——大日本印刷株式会社

装丁——coil／株式会社エストール

ISBN978-4-7986-2350-4　C0076

ファンレター、作品のご感想お待ちしております

〒151－0053　東京都渋谷区代々木2－15－8
(株)ホビージャパン HJノベルス編集部 気付
保利亮太 先生／bob 先生